KB091211

나 심은 데 나 자란다

 025   팥

나 심은 데 나 자란다

임진아

단팥을 만들 때

나는 항상 팥의 이야기에 귀를 기울여.

그것은 팥이 보아왔을 비 오는 날과

맑은 날들을 상상하는 일이지.

어떠한 바람 속에서 팥이 여기까지 왔는지,

팥의 긴 여행 이야기를 듣는 일이야.

영화 〈앙: 단팥 인생 이야기〉 중에서

옷깃을 여미고 보폭을 좁혀 종종걸음을 치게 되는 계절. 뼛속까지 시리고 손가락이 곱아드는 강추위에도 겨울이 좋은 건, 겨울에는 겨울만의 고유한 간식이 있기 때문이기도 하죠. 우리는 그래서 언제 어디서 만날지 모르는 길거리 간식을 위해 가슴속에 3,000원을 품고 겨울을 보내곤 합니다.

그중 으뜸은 뭐니 뭐니 해도 붕어빵 아닐까요? 저는 붕어빵을 먹는다는 행위에는, 노란 백열 전구 아래 빙글빙글 돌아가는 주물 틀에 바짝 붙어 서서 주인장의 날렵한 손놀림을 바라보며 잠시 따뜻한 기운을 쬐는 기다림의 시간까지 포함된다고 생각하는 사람입니다. 붉고 따스한 팥의 기운을 담뿍 담은 겨울의 먹거리들. "앗, 뜨거워." 하면서도 손끝에 힘을 주고 가만히 배를 불리다 보면, 허기진 마음마저 포슬포슬 채워지는 시간.

밤이 가장 긴 날, 팥알 같은 옹골찬 용기들을 그러모아 1년을 살아갑니다. 몸과 마음이 춥고 시려도, 뜻대로 되지 않는 일에 무릎이 꺾여도, 우리 내면에 뿌려둔 '나'라는 씨앗이 스스로 자라나 만든 붉고 따스한 힘을 믿습니다. 나를 일으키는 힘은 결국 내가 보내온 시간 안에 있습니다. 콩 심은 데 콩 나고, 팥 심은 데 팥 나고, 나 심은 데 내가 자라니까요. 우리는 어른이 되어서도 여전히 겨울을 날 때마다 한 뼘씩 자랍니다. 그중 가장 아름다운 장면을 스노볼에 박제해두었다가 마음이 어지러울 때 가만가만 흔들어보고 싶네요.

　미처 지갑에 3,000원을 챙기지 못한 채 길에서 우연히 붕어빵을 만났더라도 당황하지 마세요. 요즘 노점에는 대부분 계좌번호가 적혀 있답니다. 더 많은 시간이 흘러 붕어빵 트럭에서 애플페이마저 가능해진 다 하더라도 우리가 붕어빵에게 기대어 겨울을 보내 던 마음만큼은 그때도 크게 다르지 않겠죠.

　이제 다시 차차 낮이 길어지는 동안, 나를 괴롭 히는 근심 걱정은 잠시 잊고 갓 구워져 나온 붕어빵을 머리부터 먹을까 꼬리부터 먹을까 고민하는 시간으로 채워보고 싶어요. 그 곁에서 이 작은 책은 마치 손난로 처럼 뜨끈뜨끈 마음까지 데워줄 거예요.

Editor 김지향

차례

'팥진아' 폴더 속에 쌓일 이야기

혼자 걸을 줄 알면서부터 꼭 한 가지 이상은 좋아하며 지냈다. 그것은 좋아하는 음식이기도 했고, 좋아하는 시간이기도 했다. 좋아하는 날씨, 좋아하는 골목, 좋아하는 화단, 좋아하는 가수, 좋아하는 문장, 좋아하는 말투나 표정이기도 했다. 좋아하는 무언가가 없었던 적은 단 한순간도 없기에 좇을 거리가 없는 상태가 어떤 기분인지 알기가 나는 어렵다. 자라면서 "너는 참 취향이 뚜렷하구나."라는 말을 듣게 되는 시기가 있다면 나는 그것보다 훨씬 더 전에 "너는 취향이란 게 있는 애구나."라는 말을 듣는 아이였으므로.

'취향'은 하고 싶은 마음이 생기는 방향을 뜻한다. 나는 언제나 그 방향을 내 힘으로 만들어 나름의 확신만을 지닌 채 길을 따라 걸어갔다. 그 길의 끝에는 정답 따위 없고, 가는 길에 보이는 내 표정만이 의미가 있다.

친숙하지만 늘 새롭다는 듯이 좋아하고 싶은 마음. 새롭지만 늘 곁에 있었던 것처럼 좋아하고 싶은 마음. 원래도 좋아하지만 알면 알수록 그 안에서 다시금 미세한 취향이 갈릴 때 느껴지는 이상한 희열

이 있다. 나는 매일 무언가를 좋아하기 일상 전문가로서, 취향의 길에서만큼은 노련한 가이드이자 어리숙한 길치 둘 다 되고 싶어 하는 사람인 것이다.

이 책을 쓰기 전에도 많이 받아온 질문. 가장 좋아하는 음식은 뭐예요? 보통 이 질문에는 대답할 시간이 그렇게까지 길게 주어지지 않는다. 가벼운 아이스 브레이킹처럼 보이지만 실은 오늘까지의 인생 전체를 포괄하고 있고, 그러므로 자신의 인생을 스스로 저버리지 않기 위해 되도록 잘 대답해야 한다는 마음이 커질 대로 커져버린다. 어떻게 대답해도 집에 돌아가자마자 진짜 좋아하던 음식이 조용하게 고개를 내밀까 봐 겁이 난다. 그래서 조금 뜸 들이는 사이 '그냥 아무거나 얘기하세요.' 하는 표정이 눈앞에 나타난다.

그래서 나는 언제나 "물냉면이요."라는 대답을 미리 준비해둔 채 살았다. '좋아하는 음식' 질문에 '물냉면'이라는 단어가 적힌 버튼이 내 몸 어딘가 달려 있는 것처럼 말이다. 한 번에 많이 먹지 못하고 자주 체하며 오래 씹어야만 하는 내 체질에 물냉면은, 유일하게 빨리 먹을 수 있는(빨리 마실 수 있는) 음식이자 오랫동안 회사에 소속된 사회 구성원으로 살며 저녁 즈음 깃드는 답답함을 물리적으로나마 풀어주는 음식이었다.

　　팥 책에 물냉면 이야기부터 해서 좀 그렇지만, 사실 여태껏 그렇게 많은 신세를 진 물냉면에 대해 한 권 분량의 책을 쓰지 못했다는 것이 적어도 물냉면한테는 미안해서 그렇다. 그런데 어째서 팥을 이야기하게 되었냐 하면, 좋아하는 일에 있어서 가장 필요한 건 어느 정도의 어려움과 곤란함이기 때문이다. 나에게 취향의 가지가 있다면 조금은 어렵고 곤란할 때에 비로소 자라난다. 물냉면은 어렵거나 곤란하지 않고 언제나 물냉면이 내어주는 시원한 물길에 잠시 온몸을 맡기는 내가 될 뿐이다. 물냉면이 편안한 우정이라면, 팥은 주제도 모르고 넘보고 싶은 사랑이다.

　　늘 준비된 듯이 "물냉면."이라고 대답하면 질문한 사람은 "어떤 물냉면이요? 평양냉면?" 하고 다시 물어보기 일쑤인데, 그 대답 또한 미리 준비해둔 나는 어물쩍거리지 않고 바로 답한다. 사실 나는 본 질문보다 추가 질문을 더 좋아한다. 물냉면이라는 답을 듣고도 "아…." 하고 그냥 다음 이야기로 넘어가거나, "그럼 거기 드셔보셨어요? 안 가보셨어요? 냉면 먹을 줄 모르네." 하고 배틀을 신청하는 사람도 있었으나, 나는 추가 질문에 대비해둔 동일한 대답을 이어간다.

"저는 분식집 냉면부터 평양냉면까지 다 좋아해요. 어렸을 때부터 가장 좋아하는 건 백화점 꼭대기층 냉면이고요." 육수도 있으면서 다대기(양념장)가 범벅이 된 비빔냉면부터 고급스러운 고명이 잘난 척하듯 올려져 있고 가격대가 만 원을 훌쩍 넘는 냉면까지 저버릴 게 하나 없다. 이날은 이 냉면, 저 날은 저 냉면 사이를 오고 가다 보면 그냥 냉면을 좋아하는 내가 있을 뿐이다. 냉면을 선호하는 내 마음을 들여다보면 일단은 쉬워서다. 오늘 저녁은 뭘 먹을까? 내가 나에게 질문을 던질 힘도 없는 날에는 대충 편의점에서 파는 둥지냉면을 끓여서 적당히 기쁘게 먹는다. 둥지냉면의 건조 고명을 작은 그릇에 미리 담아놓고 면을 삶을 물이 끓으면 그 물을 조금 부어 불리는데 이 순서를 정말 좋아한다.

모처럼 일 때문에 을지로 시장에 가면 '오장동 함흥냉면'이나 '우래옥'에 들러 딱 아이스 아메리카노 한 잔 마시는 시간만큼 앉아 냉면을 마시고 나온다. 여름이면 냉면 사리와 동치미 육수를 냉장고에 쟁여놓고는 수시로 해 먹는다. 집 냉면에는 으깬 참깨와 참기름이 필수. 만드는 데 크게 어려움이 없고 나의 선호를 살피며 눈치 볼 에너지를 쓰지 않아도 된다. 당연히 맛있지만 당연한 건 조금 재미가 없다.

하지만 팥은 조금 다르다. 따지자면 나는 팥을 받아들이기 힘든 몸바탕을 지니고 태어났다. 내가 팥을 좋아한다고 떠들면 팥빙수와 팥죽, 팥칼국수 같은 음식에도 환장하는 줄 안다. 나를 아무 냉면집에 앉혀놓아도 변함없는 행복을 만끽할 테지만, 팥빙수나 팥죽이나 팥칼국수를 먹어야 한다면 나는 무척 난처할 것이다. 팥빙수, 팥죽, 팥칼국수를 싫어하는 것은 아니고 조금 어려워하는 것뿐이다. 좋아하는 팥이 있다면 먹지 못하는 팥도 있다는 것이다. 팥의 이런 점은 영원토록 나를 가지고 놀고 있다. 기왕이면 어렵게 좋아하고 싶은 내 마음을 뒤흔든다.

내가 좋아하는 건 잘 으깬 '팥소'이다. 너무 달지 않고 묽지 않은, 대체로 구운 밀가루와 합이 무척 좋지만 수다스럽지는 않은 팥. 팥의 모양을 다 잃어버린 팥소를 가장 좋아하지만, 포슬포슬 알맞게 찐 팥떡은 번번이 맛보고 싶은 식감의 알림을 울린다. 시루떡, 오메기떡, 수수팥떡 모두 생각만 해도 행복해진다.

하루는 내 돌잔치 사진 속에서 고층 빌딩처럼 쌓인 수수팥떡을 보았다.

"엄마, 나는 어릴 때도 팥 좋아했지? 수수팥떡도 잘 먹었지?"

아무리 어린 진아를 구석구석 다 기억하는 나여도 수수팥떡을 먹던 진아까지는 기억하지 못해서 엄마한테 물어봤더니 엄마는 말 한번 잘 꺼냈다는 듯이 입을 열었다.

"손도 안 댔어. 좋아할 줄 알고 엄마가 얼마나 열심히 만들었는데…. 그거 조금 입에 갖다 대기만 해도 울더라. 그때뿐 아니라 그 이후로도 계속 안 먹었어."

팥 사랑의 시작이 궁금함이나 호기심으로부터가 아니라 울음이었다니. 그것도 확실한 거부. 기억에 없으니 기억날 수가 없지. 나의 팥 취향 인생은 어떻게 흘러가는 것일까. 예상치 못한 엄마의 대답에 '이런, 글감 하나 버렸네!' 하며 에세이스트로서 아쉬웠지만, 그보다 더 아쉬운 건 나의 첫 번째 생일을 축하하고 건강을 기원하던 수수팥떡은 이제 영영 먹을 수 없다는 사실이었다.

짧지 않은 삶을 살아오면서 팥에 대한 취향이 무궁무진하게 까다로워져만 간다. 살면 살수록 좁아지고 또렷해지는 취향의 길이 있다면 나에게는 팥이 그렇지 않을까. 나는 많고 많은 갈래 중에서도 팥길의 여정을 나누고 싶다.

이 책은 내 인생에서 팥이 등장하는 흐름으로 훑어본 포슬포슬한 추억 모음집이자, 입에서부터 마음까지의 취향이 담긴 이야깃주머니이자, 좋아하는 것 중에서도 가장 좋은 부분만 쏙 골라 입에 가져가는 이가 전하는 행복 안내서이다. 이 책을 쓰기 시작하면서 컴퓨터 작업용 클라우드에 작은 폴더를 만들

어 '팥진아'라고 적어두었지만 성을 '팥'으로 바꿀 만
큼 팥의 모든 면을 좋아하냐고 묻는다면 그건 또 아
닌 이야기다.

똥 맛 카레와 카레 맛 똥

장거리 이동을 할 때면 대개 일행과 시답잖은 대화를 나누게 되고, 나는 이 순간을 꽤 좋아한다. 강원도 양양에서 서울로 돌아오는 차 안에서 나와 동거인 그리고 친구 H, 이렇게 셋이서 영원히 끝나지 않을 것 같은 수다를 떨었다. 동거인은 운전석에, 나는 조수석에, H는 뒷자리에 앉아 얼굴만 앞으로 내밀고 있었다. 처음엔 단지 컴컴한 도로를 달려야 하는 운전자를 위해 시작한 수다였지만 대화란 게 늘 그렇듯 하다 보면 누가 먼저랄 것도 없이 하나둘 몰두해버린다. 평소 난데없이 질문하는 걸 좋아하는 H는 어디서 주워들은 밸런스 게임을 꺼냈다.

　　"그럼 카레 맛 똥과 똥 맛 카레 중에서는? 뭘 고를 거예요?"

　　결국 나도 이런 수준의 질문을 받는 것인가. 하하 웃으면서 금방 대답을 정해둔 채로 둘의 대답을 기다렸다. 아니, 이런 질문에 이렇게까지 길게 고민할 필요가 있나? 그러나 쉽게 답을 내린 게 무색하게 내 대답은 두 사람과 달랐다. 어떻게 카레 맛 똥을 선택할 수가 있지? 나는 졸리지도 않았으면서 잠이 확 깨는 듯했다.

두 사람의 의견은 이러했다. 똥은 무슨 맛인지 모르지만 맛이 없을 게 뻔하니까 적어도 맛이라도 즐거운 쪽이 낫다는 게 이유였다. 아니 근데 그게 똥이잖아요. 나는 도무지 이해할 수가 없었다. 똥을 먹고 싶은 거예요? 묻는 나의 말에 똥 맛을 알고 싶지 않다는 대답이 돌아왔고 나는 쓸데없이 골치가 아프기 시작했다. 굳이 고르자면 카레 맛 똥이라고 말한 채 다시 운전에 몰두하던 동거인과 다르게 H는 나에게 집요하게 물었고 또 나는 거기에 제대로 부응하기 위해 에너지를 힘껏 써서 대답했다. 어느새 둘의 목소리만이 차 안을 가득 채웠다.

"저는 카레를 먹고 싶어요. 그게 똥 맛이라도 카레라는 게 확실하다면요. 똥은 음식이 아니지만 카레는 음식이잖아요."

"똥은 엄청 맛없을 텐데?"

"똥 맛 잘 알아요? 혹시 카레랑 비슷할지 알 게 뭐야."

내 대답에 스스로 만족하고서 다소 우쭐거리며 뒤를 돌아보니 H는 여전히 이해가 안 된다는 표정을 하고 있었다.

"자신이 똥을 먹는다는 사실을 인정할 수 없는 거야."

친구의 말에 동공이 커졌다. 이제 심리 탐구로 가시겠다? 다 같이 떠들던 와중에 갑자기 혼자 일어나 각 잡힌 책상에 앉더니 조명 하나를 켜둔 채 똥 맛 카레를 택한 인간의 심리를 연구하기 시작한 친구를 보자 하니 멈칫했던 당혹함이 그새 어이없음으로 바뀌며 콧구멍으로 헛웃음이 새어 나왔다. 잠시 정적이 일었고 그러다 동시에 와하하 웃어버렸다.

"그러니까 똥 맛 카레를 택하는 사람은 자신이 똥을 먹는다는 사실 자체를 받아들이기 어려운 거라고요."

"저기요. 스톱. 저는 둘 중에 유일하게 음식인 똥 맛 카레를 먹겠다는 건데요?"

"똥 먹는 걸 스스로 용납할 수 없는 거야…."

"똥 실컷 드세요…."

카레가 있어도 똥을 먹겠다고 하는 둘과 더 이상 말이 통하지 않아 컴컴한 창밖에 눈을 두었다. 어두운 차창에 비친 내 옆얼굴이 묘하게 삐죽거리며 웃고 있었다. 고민할 필요도 없는 시답잖은 질문에 이렇게까지 진지한 어른들이라니. 이런 걸로 졸음을 견디는 우리라니. 고민할 필요도 없이 답을 정한 건 똥 맛 카레가 카레 맛 똥보다 맛있어 보여서는 아니었다. 나는 무언가를 받아들이는 것에 있어서 그게 무엇인지 실체를 반드시 알아야 하는 성정의 사람이었다.

싫어하는 음식을 묻는다면 내가 바로 답하는 것들은 소시지, 햄버거 패티, 순대. 싫어한다기보다는 좋아할 수 없는 것들이다. 나에게만큼은 음식이 되지 못하는, 만들어지는 과정이 먼저 눈앞에 그려지는 단어들이다. 또 반대로 만드는 과정을 상세히 알 수 없는 음식은 대체로 먹기 어렵다. 생각이 많은 인간이라 그럴 수도 있고 나에게만 특정된 비위가 조금 남다른 걸 수도 있다.

팥소처럼 소시지나 햄버거 패티나 순대도 으깨는 과정이 있지만, 팥소가 좋은 건 그 과정을 투명하게 알 수 있기 때문이라는 점이 크다. 무엇보다 팥을 주인공으로 하며 팥 맛을 극대화한다는 목적만을 가지고 팥을 삶고 으깨기만 한다는 게 나에게 안심을 준다. 팥 맛을 내기 위해 팥만 쓴다는 점이. 더 필요한 재료라고 해봤자 사탕수수당과 소금 정도다. 그렇게 만든 팥소는 저마다 다른 부피와 점도의 밀가루와 결합해 새로운 이름이 된다.

중고등학생 시절의 나는 집 바로 앞 슈퍼에서 하나에 1,000원 하는 작은 햄버거를 종종 사 먹곤 했다. 계산대 바로 앞 빵 진열대에 몇 개씩 쌓여 있던 햄버거. 흰색 포장지에는 빛바랜 듯한 분홍색 글씨로 햄버거 세 글자가 적혀 있고 재료로 보이는 캐릭터가 웃고 있는 그림이 인쇄되어 있었다. 혼자서 끼니를 해결해야 하는 청소년에게 1,000원짜리 햄버거는 쉬운 선택이었다. 여느 때처럼 햄버거 하나를 계산대에 내려놓고 주머니를 뒤적거리는데 옆집에 살던 오빠 친구가 뒤에서 말을 걸었다. 집에 너무 자주 들락날락해서 왔냐는 말도 불필요한, 이렇게 길에서 만나면 당장의 상황에 대한 한마디 정도는 주고받는 사이였다. 그러니까 친오빠라는 본체가 있다면 그 본체를 복사해 대충 붙여넣은, 조금은 흐릿한 친오빠라고 할 수 있다.

"그 햄버거 패티에 돼지랑 소 눈깔도 들어 있는 거 알아?"

안녕, 잘 지냈니? 따위의 기본 인사말 정도는 평생 가볍게 제외되는 사이. 가장 기분 나쁠 말만 내뱉어도 되는 사이. 나는 곁눈으로 째려보는 걸로 인사와 대답을 동시에 했다. 이미 1,000원은 계산대에 올려두었고, 햄버거를 다시 제자리에 갖다두기엔 늦어버렸다. 괜히 반응을 하는 순간 지는 기분이 들 게 뻔했다.

"눈깔?"

"야. 눈깔만 들어 있겠냐. 버려진 거 오만 거 다 쓸어 모아다가 만드는 거래."

어쩌면 직접 본 장면보다 스스로 상상해버린 장면 쪽이 몇 배는 더 잔혹하지 않을까. 오빠 친구는 난 그거 이제 못 먹는다는 말과 함께 너도 앞으로 그렇게 될 거라는 저주 비슷한 말을 하고 퇴장했다. 오빠 친구라는 인간도 역시 오빠라는 인간과 크게 다르지 않다. 나를 놀리는 걸로 하루치 웃음을 챙긴다는 면에서 말이다. 결국 계산을 마친 햄버거는 집에 돌아와 친오빠에게 줘버렸다. 이건 진 것도 아니고 양보에 가깝다고 생각했다. 그걸 받아 든 오빠는 아니나 다를까 눈깔버거라고 불렀다.

나는 이날 스스로 재생한 상상의 스크린을 여전히 생생히 그리고 있다. 나에게 소시지와 햄버거 패티와 순대는 이름을 듣는 순간, 이 이름을 가진 하나의 음식이 되기까지 온갖 순서가 역으로 재생된다. 평생 도망치지도 움직이지도 못하는 곳에서 억지로 살만 찌워지던 동물들이 단 한 번 세상 밖으로 나온 날 도착한 곳에서 옴짝달싹 못하고 줄을 선 채 마지막으로 눈동자를 움직이던 순간까지도. 알게 된 이상 먹을 수 없고, 반대로 알기 때문에 먹을 수 있는 음식들이 있다.

그래, 맞아. 나는 카레 맛 똥은 당연히 힘든 사람인지도 모르겠다. 카레 맛 똥도 1,000원짜리 햄버거도, 이걸 먹는 나를 용납하지 못할뿐더러 입에 넣는 상상조차 할 수 없는걸. 질문을 받았을 때 "누구 똥인데요?" 자세히 물어봤어야 하는 걸까.

어릴 때부터 처음 보는 반찬은 일단 입에 대지 않았다. 그걸 식탁에서 몇 번이고 보고 눈에 익히고 그 실체가 무엇인지 알아낸 후에야 안심하고 입에 넣는 아이였다. 제대로 알고 먹어야 맛있고, 입은 소중히 열어야 한다는 걸 너무 일찍 깨달았던 걸까. 모르는 음식보다 잘 아는 음식에 마음이 설레는 사람으로 여전히 살고 있다.

만약 똥 맛 팥소와 팥소 맛 똥 중에 하나를 골라야 한다면, 이번에도 고민할 필요도 없이 똥 맛 팥소를 고르지 않을까. 팥소를 맛있게 먹는 데 있어서는 팥소를 만드는 과정을 상세히 떠올리는 것 또한 나에게 필요한 맛이니까. 언제부터 나와 있던 건지 모를 붕어빵을 냅다 사서 먹는 것보다, 추위에 떨면서 만드는 과정을 요목조목 다 지켜보다가 입에 넣는 붕어빵이 훨씬 맛있는 것처럼.

콩 심은 데 콩 나고
팥 심은 데 팥 난다

도대체 왜 그랬는지는 구체적으로 기억나지 않지만 나름의 이유가 있었겠지 싶은 엉뚱한 일화들이 누구에게나 있지 않을까. 나에게 그런 날을 떠올려보자면 고등학교 2학년 어느 수업 시간으로 거슬러 올라간다.

어수선한 하루. 보통의 정식 수업이 아니라 자습 시간이 이어지는 날이었다. 시험 직전인지 직후인지 모르겠지만 이렇게 보내야만 했던 날. 시험에는 관심이 없고 자습 시간은 은근 반겨 하던 학생이 나였다. 공부는 못하지만 있는지 없는지 티도 나지 않는 학생. 그런 내가 유일하게 땡땡이라는 걸 떠올린 날이었다.

땡땡이의 발단은 친구의 한마디였다. "야!"로 시작하는 무구하고 맑은 제안. 모처럼 이런 날은 한번 그래보자는 것이다. 친구의 말에 나와 다른 친구들의 마음은 동요되기 시작했다. 수업을 땡땡이친다는 건 그럴 만한 목적이나 목적지가 있어야 즐거울 텐데 우리에겐 딱히 뚜렷한 이유가 있지도 않았다. 나 포함 네 명의 녀석들은 어딘가 맹하지만 학교는 빠짐없이 나오고 학업에 대한 관심은 저마다 다르지만 당장은 같이 웃는 걸 좋아하던 평범한 학생들이었다. 학교에 있어야 하는 시간을 학교 밖에서 보내는 마법 같은 순간만 떠올리며 급히 계획을 짰지만 은근히 할 게 없었다. 다음 수업은 담임 선생님 시간이었기 때문에 한 시간도 안 되는 짧은 시간 안에 반짝 누릴 수 있는 행복을 찾아야만 했다.

"버거킹 가자. 팥빙수 먹고 싶어."

나는 친구 입에서 흘러나온 버거킹 팥빙수라는 단어를 듣자마자 감자튀김 추가를 떠올리며 홀로 기대감을 올리고 있었다. 팥빙수는 좋아하지 않지만 그 앞에라면 얼마든지 둘러앉고 싶다. 내 생에서 가장 많은 빙수를 먹은 시절이 바로 이 시기였다. 학교 앞 햄버거 체인점에서 팔던 종이 그릇 팥빙수와 즉석떡볶이를 먹고 나면 당연한 듯이 향했던 캔모아의 큰 그릇 빙수. 우유 얼음을 곱게 갈아 그 위에 둥글고 예쁜 팥소를 올리고 떡 고명으로 장식하는, 지금의 팥빙수와는 결이 많이 다른 빙수였다.

먹는 방식 또한 그랬다. 살금살금의 분위기로 한 스푼씩 조심히 떠먹는 요즘 빙수와는 다르게 일단 테이블 앞에 놓으면 들고 있던 숟가락으로 신나게 비벼야 하는 게 첫 순서였다. 그 손동작을 할 때면 다 비빈 후에 본격적으로 나눌 대화의 주제를 누군가가 박력 있게 꺼내곤 했다. 애써서 얼린 음식을 한 방에 도로 녹이다 보면 대체 우리가 원래 먹으려던 건 뭐였지 싶어지면서도, 빙수라는 음식이 더위를 식힌다는 목적을 갖고 있다면 당연히 수반되어야 하는 숟가락 퍼포먼스였다. 나는 내가 빙수를 좋아하는 줄 착각한 채로 학생 시절을 보냈다. 사실 빙수를 먹는 걸 좋아했다기보다는 친구들과 빙수를 먹는 시간을 좋아했던 것인데. 나에게 팥빙수는 내 입에 넣는 것보다 앞에 앉은 사람이 먹는 걸 가만히 보고만 싶은 음식이다.

우리 넷은 팥빙수 한 그릇이라는 갓 구워진 목적을 가지고서 쉬는 시간 종이 울리자마자 교문 밖으로 뛰어나갔다. 매일 통과하는 문인데 왜 그렇게 배가 아프게 웃기던지. 오줌을 참듯이 배를 잡고서 후다닥 나가던 순간은 꼭 마법을 쓴 것처럼 다디달았다. 나가려고 하면 나갈 수 있잖아! 이미 교문을 다 빠져나간 친구들을 향해 외쳤다. 나보다 더 밖

인 아이들을 향해서. "나 좀 봐봐! 나 지금 학교 밖이
야!"

　　학교에서부터 버거킹까지는 순간이동한 것처
럼 빠르게 도착했다. 버거킹 문을 열자마자 마치 의
자 뺏기 싸움에서 이겨야 한다는 듯이 잽싸게 자리
를 잡고 앉았다. 팥빙수 하나, 종이 스푼 네 개, 감자
튀김 하나가 펼쳐진 테이블에 둘러앉아서 빠르게 종
이 스푼을 접었다. 지금쯤 선생님이 우리의 빈자리
를 발견했을까? 몸은 밖이지만 대화의 주제는 팥빙
수가 아닌 교실 안으로 자꾸만 옮겨갔다.

　　둘러보니 평소보다 휑한 버거킹. 체스판 격자무
늬 바닥이 오늘따라 잘 보이는 건 왜일까. 이제 와서
그 장면을 내려다보면 귀엽기만 하지만 당시의 마음
은 이상하게 잠잠했다. 혼날 걸 각오하고 벌인 일치
고는 시시했고, 몇 시간만 참고 버티면 주어지던 원
래의 일상과 다를 바가 없었다. 가만히 졸음을 참기
만 하면 얻어질 테이블이었다. 중요한 건 지금 이 시
간 버거킹에 앉아 팥빙수를 먹는다는 사실일 테지
만, 수업 시간에 몰래 떠드는 대화에 비하면 즐겁지
가 않았다. 그냥 교실에 있었으면 키득거렸을 텐데

들떴던 목소리가 점점 가라앉는 게 실시간으로 느껴졌다. 이것이 평일을 안고 사는 어른의 삶일까.

금방 녹아버린 팥빙수를 금방 축축해지기 바쁜 종이 스푼으로 쿡쿡 누르기만 하고 깨작거리고 있는데 같은 반 아이가 짜증 난다는 표정으로 버거킹 문을 열고 들어왔다. 어떤 의미로는 정말로 의자를 뺏으러 온 거였다. 이 시간대의 그 의자, 너희가 앉을 의자가 못 돼….

"영어 쌤이 당장 오래."

"우리 버거킹에 있는 거 어떻게 알았어?"

"너네 아까 쉬는 시간에 떠든 거 들어서 애들 다 알고 있어."

우리를 데리러 온 학급 친구에게 감자튀김을 내밀었지만 먹지 않았다. 이렇게 선 긋기냐. 교실에 도착해보니 우리 네 명의 빈자리는 너무나 컸다. 있을 때는 있는 줄 모르던 내 존재가 없어지고 나서야 이렇게나 눈에 띄다니. 이제야 웃기다면서 키득거리기 시작했다. 각자 자리에 앉아 서로의 얼굴을 쳐다보니 다시 오줌이 마려워졌다. 웃음이 서서히 걷히기 시작한 건 다음 시간, 담임 선생님의 수업이 다가오면서부터였다. 드르륵 열린 앞문으로 지칠 대로 지쳐버렸다는 듯이 터덜터덜 입장하는 담임 선생님의 손에는 평소에는 보지 못하던 큰 몽둥이가 들려 있었다.

"자. 나오세요."

딱 한마디만 말하고 나와 친구들을 다 죽어가는 벌레를 보듯이 바라보던 담임 선생님. 아, 영어 선생님 다 말했어. 그렇게 안 봤는데. 그 점만이 짜증 난다는 듯 교탁 앞으로 터덜터덜 나간 우리는 담임 선생님의 주문대로 질서 좋게 엎드려뻗쳐 자세를 했다. 우리가 잘못하긴 했지만 왜인지 너무 많이 화가 난 것 같은 선생님의 표정이 마음에 걸렸다. 한 명 한 명 엉덩이를 큰 몽둥이로 가격하던 선생님은 점점 흥분하기 시작하더니 급기야 이상한 말로 큰소리를 질렀다.

"콩 심은 데 콩 나고! 팥 심은 데 팥 난다!"

속담 한 줄에 네 명 엉덩이가 골고루 아파졌다. 콩! 하며 매질, 콩 나고! 하며 매질, 팥! 하며 매질, 팥 난다! 하며 매질. 맞던 우리도 보던 애들도 눈이 동그래졌다. 맞으면서도 물음표가 터져 나왔지만 당장은 고개를 숙이기만 할 뿐이었다. 여기서 웃으면 또 어떤 속담이 튀어나와 고루고루 맞을지 모를 일이었다. 우리는 조용한 콩 두 명과 팥 두 명이 되어 그렇게 한참을 엎드려 있었다. 선생님의 이색적인 야단에 땡땡이친 우리의 잘못이 오히려 묻혀버린 채로 다시금 쉬는 시간이 돌아왔다.

"아까 그 말 뭐야?"

"콩?"

"어, 팥."

"맞은 건 기분 안 나쁜데 콩 심은 데 콩 나고 팥 심은 데 팥 난다고 하는 건 되게 기분 나쁘더라."

"그거 우리 엄마 아빠 욕한 거야?"

"팥빙수 먹은 거 안 거 아니고?"

모든 일은 근본에 따라 그에 맞는 결과가 나타난다는 걸 뜻하는 이 속담이 정말 팥빙수 땡땡이 사건과 어울리는지 알 수 없었다.

다음 날 영어 시간에 들어온 영어 선생님은 우리에게 가벼운 사과를 던졌다. 청소년 시기에 한번쯤 땡땡이치는 거 응원하고 싶었는데, 딱 그런 거 하기 좋은 날 같아서 선생님도 좀 웃음이 나왔는데, 글쎄 그때 하필 교감 선생님이 지나갔고, 창문으로 빈자리를 쳐다본 것 같다는 것이다. 나중에 그 빈자리 뭐냐고 물어보면 어떻게 하냐고.

"선생님도 논 게 되잖아. 너네가 놀아서 혼나는 거랑 선생님이 놀아서 혼나는 거랑은 좀 많이 다르잖아."

우리는 그 말을 듣고 때늦은 개그를 들은 것처럼 야유했다. 담임 선생님 앞에서 나오지 않던 앙탈 비슷한 태도가 영어 선생님 앞에서는 삐죽삐죽 쉽게도 나와댔다. 제일 어이없는 대목은 이제 나온다. 실제로 네 명의 자리가 비어 있는 걸 교감 선생님이 두 눈으로 똑똑히 보았고 우리 담임 선생님에게 한소리를 했다는 소식이었다. 어른들은 우리보다도 더 부지런했다. 이미 영어 선생님에게 전해 들은 담임 선생님에게 교감 선생님이 쓱 다가가서는 "아주 그 담임에 그 반 애들이네요." 한마디를 던지고 갔다는 것이다. 이상한 속담 매질이 여기에서 비롯된 걸지도 모르겠다는 생각에 우리는 서로의 얼굴을 번갈아 쳐다봤다.

"그래서 너네 혼났어?"

"네, 맞았어요. 콩 심은 데 콩 나고 팥 심은 데 팥 난대요."

"응?"

콩 심은 데 팥이 나기도 하는 게 학교 아닌가. 그 시기의 내 기분을 정리해보자면 이 정도일 것이다. 팥빙수 땡땡이 사건 이후에는 학교라는 곳이 조금 다르게 느껴졌다. 어른이 된 지금 그날을 회상해보면 학교도 결국 회사구나 하는 생각이 들지만, 그때의 나는 그렇게까지는 생각하지 못했다. 그저 영어 시간에 버거킹에 나란히 앉아 팥빙수 먹은 게 뭐 그리 잘못이냐고 중얼거릴 뿐이었다. 어쩌면 담임 선생님이 외친 속담은 교감 선생님을 향한 것이었을까. 지금은 말썽이란 걸 좀처럼 부리지 않았던 학창 시절이 조금 아쉽기도 하다. 수업 시간에 팥빙수 먹으러 가는 정도로는 지난 삶을 즐겁게 회상하기에 많이 부족해서 말이다.

적어도 살면서 먹은 팥빙수 중에서 가장 설레었으나 단번에 마음이 잠잠해지던, 그렇기 때문에 오래 기억할 만한 팥빙수가 아니었을까. 팥빙수를 먹기 전 서둘러 종이 스푼을 접던 시간만큼은 정말로 끝내주게 즐거웠다. 그리고 그런 종류의 즐거움을 여전히 겪고 싶어 하는 어른으로 지내고 있는 것 같다. 나 심은 데에는 결국 내가 자라나니까.

둘리 호빵의 계절

'둘리 호빵 같은 맛'이 난다는 말을 자주 쓴다. 어렸을 때부터 써온 이 표현을 그 누구도 이해하지 못한다는 걸 안 지는 얼마 되지 않았다. "이거 참, 둘리 호빵 같네."라고 말하면 대부분의 사람은 내 얼굴을 쓱 보고 별다른 반응을 하지 않고 지나간다. 지금까지 살면서 둘리 호빵 같다고 주절거렸던 수많은 순간을 떠올려본다. 아뿔싸. 하지만 그 누구도 그게 무슨 말이냐고 묻지 않았으니 그냥 그런 게 있나 보다 하고 넘어갔을 것이다.

　'둘리 호빵 같다'는 건 양이 적거나 배가 너무 고파 꿀꺽 삼켜버려서 아무것도 먹은 것 같지 않은, 공허함으로 배를 채운 듯한 상황을 나타낼 때 쓰는 표현이다. 맛있었지만 먹은 기억이 없을 정도로 금방 사라진 빈 그릇을 뜻하기도 한다. 예시를 들어볼까. "아까 먹은 우동은 조금 둘리 호빵 같았으니까 우리 이제 밥 먹으러 가자." 혹은 "너무 허겁지겁 먹었네. 꼭 둘리 호빵 같았어." 이렇게 쓸 수 있다.

　1980년대 후반에 방영을 시작했던 〈아기공룡 둘리〉는 회차마다 협력 제작사도 다르고 연출가도 달랐지만, 난 이 시절의 둘리를 사랑하는 둘리 마니아이다. 다 큰 어른이 된 지금도 여전히 〈아기공룡 둘리〉를 보고 또 보는 나는 회차마다 다르게 생긴 둘리의 모습과 다양한 에피소드를 보면서 좋은 이야기에 대해 생각하곤 한다. 볼거리가 넘쳐나는 이 세상에 아이나 어른이나 할 것 없이 모두가 즐길 수 있는 이야기가 얼마나 적은지에 대해서. 나이나 상황에 따라 다가오는 말과 이야기가 이토록 다를 수 있다는 것에 매번 놀라기도 한다. 살면서 이런 만화를 만나기란 얼마나 어려운지에 대해서도. 나는 내 삶이 둘리의 시기와 다행히 겹쳤다는 사실에 두고두고 안심하며 살아가고 있다.

어렸을 때는 순순히 지나가던 부분들을 이제는 어른의 눈으로 꼼꼼하게 보게 되었달까. 모든 에피소드를 좋아하지만 그중에서 겨울이면 생각나는 건 '형아! 가지 마' 회차의 둘리가 호빵을 다 먹어버리는 에피소드다. 대사에서는 '케이크'라고 표현했지만 납작한 접시에 그득하게 쌓아 올린 동그란 음식은 누가 봐도 호빵이다. 그려지지 않은 팥이 그 안에 한가득 있는 것만 같다. 찐빵이라고 불러도 무방하겠지만 어린 시절 나의 언어로는 호빵이라고 표현했으니 지금도 호빵이라고 부른다.

그득한 정도가 아니라 딱 봐도 열 개가 넘는 호빵이 돌잔치 음식처럼 높게 쌓여 있다. 배가 고파서 집 안을 서성이던 둘리는 갓 찐 듯한 호빵을 발견하고 단숨에 먹어치운다. "잘 잡쉈다!" 배불러하며 그제야 빈 접시를 본 둘리는 다시 현실로 돌아온 얼굴을 한다. "한 개만 먹을걸." 하고 때늦은 후회를 하지만 자신의 특기인 사사로운 데에만 요긴하게 쓰이는 마법으로 새로운 호빵을 금세 만들어 그릇을 가득 채운다. 비눗방울로 만든 호빵이지만 보기에는 조금 전과 다름없는 호빵 그 자체다. 따스한 김이 나지 않을 뿐. 접시에 놓인 게 호빵이 아니라 비눗방울이라는 건 둘리와 우리만 아는 비밀이다.

학교에서 돌아온 영희와 철수는 부엌에 있던 호빵을 먹으려 하지만 먹을 수가 없다. 비눗방울 호빵은 입에 넣자마자 뽕 하고 모습을 감추고, 쌓여 있던 호빵은 온데간데없이 사라진다. 한가득 담겨 있던 호빵 접시는 금세 빈 접시가 되고, 영 이상했던 영희와 철수는 그것을 들고 가 엄마에게 보여준다. "엄마! 먹지도 않았는데 다 없어졌어요!" 하고 속상해 하니 엄마 박정자 씨는 이렇게 대답한다.

"아마 너희들이 배고팠다가 먹었기 때문일 거야."

그 말에 철수는 "내가 그렇게 배고팠나?" 하고 말 뿐이고 안심하는 건 배부른 둘리와 우리들이다. 모두가 비눗방울 노래를 부르며 방긋 웃는 저녁을 보낸다. 여러 회차 중에서도 한 지붕 밑에서 사는 사람들의 단란한 한순간이 다감하게 그려진 에피소드라고 할 수 있다. 한 시절 잠깐 모여 지낸 따뜻한 한 가족의 하루를 마법을 부린 비눗방울로 들여다보는 듯했던 포근한 이야기.

어렸을 때는 이 둘리 호빵 장면이 그저 재밌어서 깔깔 웃기만 했다. 다 먹어버렸는데 마법으로 다시 생기게 할 수 있다는 게 짜릿했고 부럽기까지 했다. 다 큰 지금은 엄마의 대사가 마음에 남는다. 배고팠다가 먹었기 때문이라는 다정한 말. 그런 적 있는 사람만이 할 수 있는 말 아닐까. 드러나지는 않지만 그런 대사 속에서 엄마 박정자의 생활이 엿보이기도 한다. 무언가를 맛있게 먹으며 앉아 있는 그의 모습을 내 멋대로 그려본다. 배고팠다가 먹어서, 너무 맛있게 허겁지겁 먹어서 순식간에 사라진 음식. 둘리 호빵의 맛.

　나에게 겨울은 둘리 호빵의 계절이다. 접시에 한가득 담겨 있던 진짜 호빵과 비눗방울 호빵을 닮은 것들이 이 계절에 유독 많다. 내가 좋아하는 많은 것들은 둘리 호빵과 비슷하게 생겼다. 편의점에서 빙글빙글 돌아가는 갓 찐 호빵은 물론이고, 탱글한 홍시도, 포실포실 단팥빵도, 찰떡 아이스도 비슷하게 둥글둥글하다. 겨울에 펑펑 내리는 눈도, 그걸로 만든 눈사람도 모두가 닮았다. 투박한 듯 무심한 모습이 가만한 마음들을 닮았다. 길에 서서 호빵을 먹을 때면 오늘의 일들은 아무렇지 않아진다. 나는 오랜 시간 뜨거운 온도 속에서 가장 안쪽까지 부족하지 않게 뜨거워진 호빵의 팥 부분을 좋아한다. 둘리 호빵의 맛이란 아무렇지 않은 맛, 그래서 내 마음도 잠시나마 아무렇지 않아져서 먹은 것마저 까먹을 정도로 안정되는 맛일지 모르겠다.

　한때는 퇴근길 편의점에 들러 따끈한 호빵 하나 사 먹는 것이 겨울의 큰 기쁨이었으나, 이제는 내 마음과 입에 맞는 호빵을 골라 냉동실에 쟁여둔 지 오래다. 나를 위해 하나씩 꺼내 그때그때 쪄 먹거나 밥통에 넣어두고 따뜻해질 때까지 기다린다. 손바닥을 비비면서 배고픈 둘리처럼 부엌을 서성이며 팥이 있는 가장 안쪽까지 따끈해졌을지 번번이 가늠한다. 조금 뒤 입에 넣을 나를 위해 젓가락으로 팥이 든 한가운데까지 깊게 찔러보고 젓가락 끝의 온도를 체크해본다. 마음이 급해 여러 번 찌르다 보니 둘리 호빵처럼 매끄럽던 호빵은 어느새 구멍이 여기저기 숭숭 뚫려 있다.

차디찬 두유 한 잔 따라놓고 앉아 오직 나를 위해 갓 쪄낸 둘리 호빵 같은 나의 호빵을 한입 먹을 때면 언제나 두 개 찔 걸 그랬다며 후회하지만, 이 아쉬움마저 또 얼마나 맛있는지. 마지막 한입까지 팥 부분과 흰 빵 부분을 알맞게 남겨서 처음 그대로의 맛으로 마무리한다. 방금 내가 뭘 먹었나 싶어서 테이블을 보면 빈 그릇이 방긋 웃고 있다. 남겨진 작은 종잇조각을 내려다보며 방금까지 달콤했던 순간을 곱씹어본다. 준비할 때는 촘촘하게 분주하다가도 호빵을 입에 넣을 때면 바쁜 마음은 온데간데없이 차분해진다. 그건 아마 맛있게 먹었기 때문일 거야. 우리집 호빵에서 둘리 호빵 맛이 나는 이유다. "그렇게 맛있었나?" 멋쩍게 웃으며 앉아 있는 내 모습이 꼭 만화 영화처럼 그려진다.

둘리 호빵처럼 둥그런 겨울 이야기. 이 추위가 아무리 견디기 힘들어도, 사는 일이 아무렇지 않지 않아 힘이 들어도, 호빵 하나 소중하게 그릇에 담아 먹는 순간들이 존재하기에, 내 삶도 둘리표 비눗방울로 자꾸 다시 들여다보고 싶다.

도전은 몇 번이나 계속됐지만

나에게 팥을 사용한 음식은 둘로 나뉜다. 기분으로'만' 먹는 팥, 기분으로'도' 먹는 팥. 기분으로만 먹는 팥 음식은 팥빙수, 팥죽, 팥칼국수가 되겠다. 기분으로만 먹는 팥 음식들은 대체로 소화하기가 힘들다. 이 중에서 팥죽은 기분으로도 먹고 싶은 음식이기도 하다. 죽이라는 것만 뺀다면 내가 좋아하는 팥 음식의 면모를 갖추고 있으므로.

늘 소화불량을 달고 살고 금방 체하는 사람이라면 팥이 든 음식은 특히 조심히 먹어야 한다. 팥은 그 기운이 알차고 껍질이 억센 편이어서 자칫 소화가 안 되는 기분이 들기 쉽다. 팥의 효능에는 소화기 기능 촉진이라는 대목이 존재하지만 막상 팥을 먹고 소화가 잘된 적은 거의 없다. 소화불량을 타고난 나에게만 해당될 수도 있지만, 단팥빵이나 팥빙수를 먹기만 하면 한참을 끅끅거리며 트림을 해야 한다.

얼마나 자주 체했냐면 학생 시절 매일의 준비물로 비닐봉지를 챙겨 다녔으며, 양호실에 들어가기만 하면 서랍에서 소화제를 꺼내 내미는 손이 인사를 대신했다. 세 번의 졸업 사진은 죄다 소화불량으로 인한 구토 후에 일그러진 표정으로 찍혔다.

어쩔 수 없이 죽을 자주 먹어서 그런지 평상시에 먹는 음식은 적어도 죽의 식감을 하지 않고 있길 바란다. 별미로 죽을 먹는 사람이 세상엔 많지만 나에겐 별미가 아니라 모처럼 아프지도 않은 날에 아픈 하루를 보내는 듯한 기분이 들게 하는 음식이다. 그런데 하필이면 소화가 어려워 조심스럽게 사랑하는 팥으로 죽을 만들다니. 좋아하기 어려운 팥 음식 중에서도 높은 등급을 자랑하지 않을 수 없다.

그러니 팥죽을 떠올리면 양가적인 입장이 된다. 팥죽아, 사랑해 그리고 너 버거워. 나에게 팥죽은 완전히 다른 마음이 되는 '팥'과 '죽'이라는 단어가 함께 붙어 있는 음식이다. 팥죽은 먹지 않아도 사랑하는 존재에 가까웠다. 머릿속에 떠올리는 것만으로도 이미 충분한 것들이 있다. 서울 어디에 맛있는 팥죽집이 있다는 걸 알아두기만 하거나, 동짓날에는 새알심이 기분 좋게 든 팥죽을 지그시 떠올리기만 할 뿐이었다.

나의 동거인도 팥을 좋아한다. 따지자면 팥을 좋아하는 폭이 나보다 훨씬 넓은 사람이다. 길을 걷다가 누수 방수 간판만 봐도 "여기 빙수집이 생겼나 봐!" 하며 호들갑을 떤다. 누가 빙수집 간판을 초록색과 빨간색을 써서 투박하게 만들까. 근데 그럴 만도 한 게 가장 좋아하는 음식 중 하나가 팥빙수여서 여름만 되면 팥빙수 맛집을 다니며 챙겨 먹고, 매년 이번 여름 첫 팥빙수라며 기록을 남긴다. 늘 1인 1팥빙수를 하고 싶은 그에게 팥빙수는 관람만 하고 싶은 나는 최고의 파트너가 아닐까.

언제나 팥빙수 그릇을 깨끗이 비우는 그에게 물어본 적이 있다. 팥빙수를 먹고 속이 아프거나 불편한 적이 있다, 없다? 대답은 "없다."였다. 위 건강의 차이일까. 또 한번은 이런 질문을 던진 적이 있다. 버스만 타면 책부터 펼쳐 드는 그가 아무래도 신기해서. "버스에서 책 보면 안 어지러워?" 단 한 번도 어지러운 적이 없다고 답했다. 나는 잠깐 핸드폰 화면만 봐도 금방 울렁거리고 내리기 전까지 속이 괴로워져서 연신 나오는 하품을 뱉어야만 하는데.

그런 그와 같이 산 지 얼마 안 됐을 때 팥죽을 먹으러 간 적이 있었다. 동거인에게 팥빙수는 점프하고 싶은 기쁨이라면 팥죽은 두 손으로 얼굴을 감싸게 되는 감동이 아닐까. 추운 계절에 먹는 뜨끈한 팥죽은 역시 그림처럼 아름다웠다. 조심스럽게 입에 넣자마자 눈이 새롭게 떠졌다. 죽의 식감보다는 팥의 행복이 진하게 느껴지는 첫 입이었다.

팥죽 한 숟가락, 곁들여 나온 다과 한 입, 팥죽 한 숟가락, 새알심 크게 한 입, 다시 팥죽 한 숟가락에 고명으로 얹어진 견과류를 씹으니 아플 때 먹던 죽과는 확연히 달랐다. 넘실거리며 바뀌는 식감에 지루할 틈도 없고 한 그릇을 다 먹는 건 문제도 아니었다. 어라, 나 팥빙수 한 그릇은 다 못 먹지만 팥죽은 가능할지도?

즐거운 희망도 잠시였다. 다과와 새알심과 견과류가 싹 사라지고 오로지 팥죽만 남자 목으로 넘기기 힘들어지기 시작했다. 단번에 죽의 식감을 한 음식은 더 이상 입장 불가 상태가 되어 씹을 거리를 찾게 되었다. 반 정도 남은 팥죽을 내려다봤다가 앞에 앉은 동거인을 보니 그릇에 남은 팥죽을 야무지게 긁고 있었다. 팥죽 한 그릇을 다 먹기 위해서는 전혀 다른 식감의 팥죽 친구들이 있어야만 한다니. 그걸 팥죽 친구들의 부재에서 겨우 느끼다니. 싫어하는 건 아니지만 도무지 거북해서 먹지 못하는 상태가 되어 팥죽을 거의 그대로 남겨버렸고, 남은 건 동거인이 반갑게 맞이해주었다.

　이후로도 팥죽 도전은 몇 번이나 계속됐지만 언제나 같은 결과였다. 눈이 감길 정도의 환상적인 첫입과 속이 울렁거리는 마지막 한입. 저녁은 소박하게 먹겠다며 팥죽을 포장해 왔다가 그냥 아무것도 안 먹은 사람이 된 날도 있었다. 팥죽은 나에게 팥 50 죽 50의 비율로 다가오는 음식이 아니었다. 죽이라는 존재감이 90퍼센트에 달하는 음식이었다. '죽팥'이 아니라 '팥죽'이니 당연했다.

　다시 팥죽집에 갈 일이 생긴다면 같이 먹을 팥죽 친구들을 잔뜩 추가하거나 하루치 견과류 한 봉지라도 챙겨야 할지 모른다. 그리고 기꺼이 그럴 준비가 되어 있다. 팥을 좋아하고, 팥을 좋아하고 싶어서. 네가 아무리 죽이 되어도.

고시앙 하나 주세요

일본 여행을 앞두고 미리 외우는 일본 회화 문장의 내용에 따라 그 사람의 여행 스타일을 알 수 있다. "도리아에즈 나마비루(일단 생맥주 주세요)!"를 안다면 주로 이자카야에서 끼니를 해결하는 사람일 테다. 자리에 앉기도 전에 메뉴판을 보면서 마실 생맥주 한 잔 먼저 주문할 때의 호방함이 좋다. 나는 왠지 부끄러워서 대체로는 "나마 오네가이시마스(생 부탁합니다)."라고 줄여서 말하곤 한다.

"고레 히토쓰 구다사이(이거 하나 주세요)."를 안다면 하나씩 맛보길 좋아하는 여행자일 가능성이 높다. 조금씩 자주 먹는 사람에게 안성맞춤이다. 한 손에 잡히는 간식거리를 먹느라 정작 밥때를 놓치지만 왠지 기분 좋게 배가 부르다.

"모치카에리데(테이크 아웃으로)."를 안다면 도토루 커피나 타리즈 커피 같은 체인점 카페를 좋아하는 사람일 테다. 여기에 "덴나이데(점내에서)."까지 안다면 완벽하다. 주문을 완료하면 점내에서 먹을 건지 가지고 나갈 건지 물어오기 때문에 그에 맞는 대답을 준비해야만 한다. 그리고 이 모든 회화 문장을 좋아하는 사람은 나이기도 하다.

그리고 처음으로 혼자 일본 여행을 떠났을 적에 몇 번이나 외웠던 문장이 하나 더 있다.

"고시앙 히토쓰 오네가이시마스."

곱게 으깨고 갈아서 팥알 하나 살아 있지 않은 팥소로 하나 달라는 뜻이다. 이토록 상세한 상황의 회화 문장은 요긴하게 쓸 수 있다. 한국의 붕어빵 격인 다이야키를 살 때나, 찐 떡 겉면에 팥앙금을 묻혀서 둥글게 만든 오하기를 구경할 때나, 도라에몽이 즐겨 먹는 도라야키 속을 살펴볼 때나, 그리고 흔한 단팥빵을 고를 때에도 내가 원하는 팥소의 질감을 콕 하고 찍어서 주문하기 위함이다.

팥소가 든 무언가를 만났을 때 저마다 기대하는 팥소의 부류는 다를 것이다. 알알이 팥의 기운이 전해지는 팥소를 기대하는 사람이 있다면, 곱디고운 팥소를 기대하는 사람도 있을 테니 말이다. 내가 먼저 그려본 팥소는 저러한데 받아 든 팥소가 이러할 때면 "오." 하는 묘한 감탄사가 나온다. 마음에 들지 않는다거나 실망스럽다는 뜻으로 내는 소리는 아니고 아마도 내가 기대한 팥소란 게 존재한다는 작은 사실 하나에 놀란 것 아닐까.

　일본 여행의 재미 중 하나는 팥소 짐작하기다. 그리고 그 팥소가 든 음식의 식감을 미리 예상하기. 팥소가 든 음식을 판매하는 곳에는 대체로 팥소의 종류가 명시되어 있다. '쓰부앙' 혹은 '고시앙'으로 불리는 게 그것이다. 팥소를 좋아하는 취향을 가진 이에게 또 한 번 취향의 갈래를 구별할 수 있도록 선택지를 주는 나라에 왔으니 그에 맞게 놀아줄 수밖에 없지 않은가. 팥을 오래 조려서 자연스럽게 으깨지는 점도로 완성되는 팥소와 불린 팥을 한 번 더 곱게 간 뒤에 푹 끓인 팥소를 취향에 맞게 고를 수 있다니. 취향 속 취향을 들여다보는 재미가 있다. 나는 이런 순간마다 나도 몰랐던 나를 발견하면서 나도 모르게 나를 조금씩 좋아하게 된 것이 분명하다.

　팥 껍질 하나하나에 온 신경을 쏟으며 원활하게 소화시키기 위해 씹지 않아도 되는 고시앙을 고르는 건, 맛도 맛이지만 위가 약한 나에겐 더없이 고마운 선택지이기 때문이다. 이 책에는 쓰부앙이니 고시앙이니 하는 표현이 자주 나올 예정이니 제대로 설명을 해야겠다.

쓰부앙(つぶあん)은 씹는 맛을 기대한 이에게 맞는 팥소이다. 말 그대로 '으깨다' 혹은 '찌부러뜨리다'라는 뜻의 쓰부스(潰す)에 '팥소'를 뜻하는 앙(あん)이 붙은 말로 즉 으깨진 팥소다. 일부러 열심히 으깨며 만드는 건 아니고, 푹 끓이면서 절로 으깨지는 걸 내버려둔 채 팥알을 살리는 것이 중요하다. 그정도로 끓이다 보면 쓰부앙의 경우도 씹기 어렵지는 않지만 고시앙에 비해 에너지가 드는 건 사실이다.

내가 사랑하는 고시앙(こしあん)은 '거르다' 혹은 '여과하다'라는 뜻의 고스(漉す)에 팥소가 더해진 말로, 체에 걸러질 정도로 고운 팥소를 말한다. 팥이라는 정보를 자줏빛으로도 아름답게 표현하고 있는 고시앙의 자태는 씹기 전부터 이미 충분하다 싶을 정도로 곱다. 이가 아닌 입술로 깨물고 싶달까. 게다가 팥을 이미 힘껏 갈아준 덕분에 자력을 덜 쓰게 되어 한층 여유 있게 음미할 수 있다.

입술로 깨물고 싶게 생긴 내 생애 최적의 고시앙 떡을 만난 날이 있다. 오사카 시내를 돌아다니며 한적한 책방들을 구경하다가 사람이 드글드글한 난

바 쪽으로 걸어가던 중이었다. 오밀조밀 작은 가게들이 즐비한 거리라서 대충 시선을 멀찍이 던져두고 마냥 걷기만 하다가 바람에 신나게 나부끼는 홍보물을 마주쳤다. 근사한 팥소를 사용하는 떡집임이 분명했다.

나의 눈길을 끈 것은 다름 아닌 기간 한정 달맞이 당고인 쓰키미 당고(月見だんご) 사진이었다. 9월에서 10월까지만 만든다고 적혀 있던 이 당고는, 당고를 떠올리면 그려지는 막대기에 떡 세 개가 꽂힌 형태가 아닌 그저 입에 넣기 좋게 작게 뭉쳐진 떡이었다. 그 위에 고시앙이 곱게 올라간 귀여운 당고. 당고의 뜻은 뭉쳐서 찐 떡이니 하나만 둥글게 있어도 당고는 당고다.

사진 속 달맞이 당고의 모양은 마치 네타(초밥 위에 올라가는 재료)가 빠진 샤리(단촛물로 간을 한 초밥의 밥 부분) 모양과 비슷했다. 살짝 길쭉한 형태의 당고가 두툼한 팥소를 이불처럼 덮고 있었다. 머리와 발 부분만 이불을 덮지 않고 배를 불룩하게 내밀고서 낮잠을 자는 듯한 형상이다. 길쭉하게 누운 키키에게 작은 담요를 덮어준다면 이와 비슷할까. 한마디로 사지 않을 수가 없는, 아니 입에 넣지 않을 도리가 없는 맵시를 뽐내고 있었다. 실제로 보기도 전에 나는 이 떡과 사랑에 빠질 것을 요만큼도 의심하지 않았다.

부드러운 미닫이문을 열고 들어가자마자 떡이 들어찬 진열장이 떡하니 나타났다. 작은 떡집에서 뽐낼 수 있는 작고 아름다운 떡들이 진열장 안에 가득했다. 그제야 지금이 몇 시지 하고 시계를 들여다본다. 이제 막 점심시간이 지난 시각, 갓 만들어져서 오늘 안에 팔리길 기다리는 떡들이 초롱초롱 빛을 낼 시간대였다. 달맞이 당고 옆에는 세 종류의 오하기가 한 줄씩 사이좋게 있다. 쓰부앙 오하기, 고시앙 오하기, 그리고 키나코(콩가루) 오하기까지. 우선 바로 먹을 달맞이 당고 하나와 함께 고시앙 오하기를 하나 더 사기로 했다. 드디어 나의 최애 여행 회화 문장을 사용할 차례. 내가 주문할 때 말한 일본어 회화 문장을 한국어로 옮겨보자면 이렇다.

"달맞이 당고 한 개와 고시앙 오하기 한 개 부탁합니다."

투명하고 얇은 포장 용기에 달맞이 당고 하나와 고시앙 오하기 하나가 다정하게 담겼다. 빨리 입에 넣을 생각에 거스름돈도 깜빡하고 문밖으로 나왔다가 급히 다시 들어간 나였다. 맛있는 것 앞에서만 허둥대는 사람. 먹을 것 앞에선 돈도 잊고 먹을 생각만 하는구나. 먹기 아까울 정도로 완벽한 모습을 다시 찬찬히 보면서 가게를 빠져나오자마자 한입에 몽땅 넣었다. 아무리 입이 작아도 기간 한정 달맞이 당고 정도는 한입에 가득 넣고 눈을 감은 채 오래오래 씹고 싶었다. 그렇게 먹으라고 길쭉하게 만든 게 아닐까 하면서.

쭈압쭈압 소리를 내듯이 떡을 씹으면 씹을수록 눈은 커지고 입안은 허해졌다. 오래 씹고 싶어도 보란 듯이 사라지는 떡 한 알. 극도로 행복해지는 둘리 호빵의 맛이었다. 아무리 씹는 걸 힘들어하는 사람이어도 금방 삼켜지고 마는 맛은 이토록 아쉽구나. 곁에서 같은 떡을 동시에 입에 넣은 친구가 말했다.

"앉은자리에서 백 개는 먹을 수 있겠는데…."

나는 남은 떡을 최대한 길게 음미하며 반복적인 끄덕임으로 동감을 표했다. 인생 최적의 고시앙이라고 한 이유가 바로 이것이었다. 고시앙인 팥소와 떡의 점성이 묘하게 비슷하다는 점. 다른 재료로 같은 식감을 내어 한입에 먹기 좋게 만들었으니 영원히 먹고 싶은 맛이라고 느낄 수밖에. 부드럽고 적당한 식감도 식감인데, 달다고 느껴지지 않을 정도로 적당한 팥소 맛의 힘도 컸다. 단 음식에 대한 찬사가 '안 달다.'인 게 재밌으면서도 이런 적당한 맛을 내기란 참으로 어려운 일이 아닐까 싶었다. 단 음식을 만들면서 부러 더 달게 만들지 않는다는 건 아주 멋진 마음이 아닐까 하고. 억지로 더 달게 만들지 않았기 때문에 팥이 전해주는 이야기에 집중할 수 있다. 조금이라도 달면 금방 질려버리는 나에게 이 팥소는 매일 먹고 싶을 정도로 완벽했다.

식감도 그렇고 당도도 중요한데 팥이 든 음식에서 가장 중요한 점이 또 하나 더 있다. 떡보다 팥소의 양이 더 많으면 절대 안 된다. 이건 떡이기 때문에 팥소가 많아봤자 도움이 되지 않는다. 이는 팥이 든 대부분의 음식에 해당하는 맛있는 조건이 아닐까. 달맞이 당고는 떡의 양과 팥소의 양이 완벽히 조화로웠다. 이렇게 여러 조건을 고루 갖추며 은은하고 여운 깊게 감도는 단맛의 매력을 선사하다니. 당장 이 황홀함만을 입에 남겨두고 싶어서 오하기는 가방에 찔러 넣었다.

'이렇게도 만들 수가 있구나.' 감탄이 절로 나올 만큼 맛있을 때 지어지는 표정, 반쯤 내려간 눈썹을 한 채로 가게를 한참 쳐다보았다. 맛있음이 지나치면 만든 사람을 한 번 더 쳐다보고 싶어진다. 고마움이 섞인 존경의 눈빛. 가을에 여행을 한 덕분에 맛본 달맞이 당고는 먹고 나서야 알아차릴 수 있던 행운이었다.

맛있게 으깨지는 시간

그렇다고 해서 쓰부앙을 꺼리는 건 아니다. 쓰부앙이 반가움이라면 고시앙은 기쁜 안심이다. 둘 중 하나를 골라야 한다면 고시앙을 고른다는 말이지 쓰부앙을 쓰는 그 어떤 가게 또한 좋아하고 목적지로 삼는다. 그리고 쓰부앙만 취급하는 곳이 많은데, 그런 경우에도 쓰부앙이 들어 있다고 명시한다는 점이 참 고맙다. 쓰부앙을 만날 마음을 미리 먹고 정성스레 씹을 준비를 할 수 있으니까.

쓰부앙 또한 좋아하는 이유는 물론 팥소라서 그렇지만, 으깬다는 뜻의 '쓰부스'라는 표현을 좋아하기 때문이기도 하다. 팥과 으깬다는 표현은 반이 달라도 매일 보는 친한 친구처럼 잘 맞는다. 남은 시간을 다른 일로 보낸다는 뜻의 '시간을 때우다'라는 말을 한 번쯤 자세히 들여다본 적이 있는지? 빈 시간이 생겨서 대충 시간을 채워야 할 때나 애매한 시간에 작은 일을 만들 때 쓰는 이 표현에 '때우다'라는 동사가 쓰인다는 게 새삼스럽지 않은가. 나의 언어가 새롭고 귀엽게 느껴지는 계기는 다른 나라의 언어를 배울 때에 생긴다.

일본어로 '시간을 때우다'라는 표현을 우리말로

직역하면 '시간을 으깨다(時間をつぶす)'이다. '시간을 때우다'라는 말은 뻥 뚫린 시간을 다른 일로 막아 채우는 그림이 그려진다면, '시간을 으깨다'라는 말은 갑자기 생긴 시간을 애써 눌러 부스러뜨리는 그림이 그려진다. 막아서 안 보이게 하거나 마구 으깨서 없애는 이 시간을 나는 어떤 시간보다도 좋아한다.

혼자 여행할 때면 이런 순간이 자주 찾아든다. 어쩌면 혼자 하는 여행이란 모처럼 내가 만든 여백을 공들여 채우고 심혈을 기울여서 예쁘게 허비하는 시간에 가까운지도 모른다. 일본 여행을 할 때의 나는 대체로 작은 일을 하루의 목표로 두고 지내는 편이다. 대충 시간을 때우는 것처럼 보이는 일들로 하루를 가득 채울 수 있는 나날. 나에게 이런 날들이 바로 여행이다.

시간을 으깨는 동안에 만난 아주 맛있었던 쓰부앙에 대한 기억이 선명하다. 도쿄 우에노역 근처의 한 백화점 지하 식품관이었다. 나는 혼자 여행할 때나 '가장 친구'라 부르는 동거인과 여행할 때면 대체로 어디에서든 백화점 지하 식품관에서 시간을 왕창 쓰는 편이다. 나에게 백화점 지하 식품관은, 중요한 일정 중이라는 듯이 진지한 태도로 그림 같은 음식들을 하나하나 응시하면서 느린 산책을 하는 곳이다. 이런 점이 같은 동거인과 나는 여행 중의 어느 저녁은 반드시 백화점 식품관 음식으로만 꾸린 테이블로 행복하게 때운다.

도쿄 우에노역 근처의 백화점은 마츠자카야 우에노점이었다. 이날 나는 혼자였고 마침 내린 비를 피할 겸 눈앞의 마쓰자카야 백화점으로 들어간 것뿐이었다. 마치 올 일이 있어서 온 사람처럼 자연스레 지하로 내려가니 내가 좋아하는 시간이 그대로 펼쳐졌다.

품종이 다른 포도와 사과, 딱 적당한 양만큼 포장된 회, 싱싱한 제철 샐러드, 조각 케이크와 갓 구운 빵들, 유부초밥과 주먹밥, 하나 정도는 오늘의 기분에 분명 맞을 도시락까지. 눈이 호강하는 산책길의 끝에는 철판에 구워지는 중인 오반야키와 다이야키가 나를 기다리고 있었다.

그러다 더 이상 산책할 필요가 없다는 듯이 우뚝 서버렸다. 내 발길을 멈추게 만드는 건 역시 팥,

팥뿐이었다. 일본 여행을 하는 나는 높은 확률로 이런 팥 앞에서 발견되기 쉽다. 하나 살 시간 정도만 머무는 게 아니라 질릴 줄 모른 채 마냥 서서 구경하고 있는 나. 평상시에도 일을 하다가 지칠 때나 퇴근하고 집에 돌아오면 대체로 무언가를 반복적으로 만드는 영상을 본다. 주로 오코노미야키나 다코야키, 포장마차 라멘이나 교자, 그리고 제일 많이 보는 건 오반야키와 다이야키 굽는 영상이다. 틀에 반듯하게 만들어지는 오반야키와 다이야키를 보면 이유 없이 자글거리던 마음이 느슨해지곤 했다. 영상 하나를 다 보고 나서 러닝타임 한 시간이 넘는 모음집이었다는 걸 알아차린 적도 있다. 그런데 지금 눈앞의 장면은 실시간으로 진행될 뿐만 아니라 구수한 냄새와 뜨끈한 온도까지 제공하고 있었다. 아무리 좋은 화질의 영상이어도 바로 앞에서 직관하는 기쁨을 이길 수 없구나.

오반야키(大判焼き)는 오방떡 혹은 왕풀빵이라고 부르는 구운 빵으로, 흡사 계란빵과 비슷하지만 계란 대신에 거대한 양의 팥이 들어간다. 오반은 보

통보다 크다는 뜻이니, 보통의 풀빵보다는 커다란 풀빵이라고 생각하면 된다. 일본에서는 지역에 따라 그 명칭이 달라진다고 하는데 그간 딱히 이름을 불러본 적은 한 번도 없었다. 한자로 적혀 있지만 읽을 필요도 없었다. 그냥 이거 하나 달라고 하면 그만이니까.

오반야키는 둥근 틀에 눅진한 반죽물을 붓고 그 위에 거대한 양의 팥소를 쌓듯이 올린다. 어느 정도 익어갈 즈음 비어 있는 다른 둥근 틀에 반죽물만 부어서 뚜껑 부분을 준비한다. 팥소를 올린 면에 퐁 퐁 퐁 기포가 올라오면 어느 정도 익었다는 뜻이라 손으로 잡아 올리면 금방 틀에서 빠진다. 팥소를 올린 면을 조심히 잡아 뒤집어 반죽물만 부어둔 쪽에 올리면 두꺼운 오반야키 하나가 완성된다. 아직 안 익은 면이 서로 만나 풀 역할을 한다는 게 기특하고 귀여워서 나도 모르게 두 뺨에 두 손을 갖다 댄다. 나에게 오반야키는 하나만 먹어도 배부른, 작정하고 먹어야 하는 간식이다.

가로줄 10개 세로줄 6개, 총 60개의 둥근 틀 중 먼저 30개에만 반죽물을 채운 후 팥소를 올려둔다.

어느 정도 익었다 싶으면 남은 30개의 둥근 틀에 반죽물을 부어 팥 없이 익힌다. 이 과정 동안에 나는 단순한 생각만을 하며 서 있다. '반죽물이 채워진다, 팥을 이렇게나 많이, 팥이 꼭 산 같다, 양이 일정하다, 밀가루가 익고 있다, 익는 냄새는 밀가루를 따라올 자 아무도 없다, 기포가 퐁 퐁 퐁, 언제 뒤집어요? 지금이다, 하나가 되었다, 이제 모든 건 시간문제!' 순전히 지미하기만 한 이 시간은 시간이 가는 줄도 모른 채 흐른다.

　　마쓰자카야 백화점에서 파는 오반야키의 속은 종류가 많았다. 팥소는 쓰부앙, 밤 크림, 백앙금, 생크림. 내 선택은 단 하나, 쓰부앙뿐. 고시앙이 있다면 고시앙을 골랐겠지만, 쓰부앙도 충분하다. 우선은 오반야키 하나, 그리고 다이야키 하나를 사기로 했다. 둘 다 같은 팥에 같은 밀가루지만 식감에 따른 감동은 전혀 다를 테니까. 식감이 다르면 한 번에 두 개를 먹을 수 있으니까.

　　다이야키 만드는 과정 또한 한참을 서서 보게 만든다. 데칼코마니처럼 양쪽으로 입을 벌린 다이야키 틀 한쪽에 하얀색 반죽물을 붓는 게 아니라 거의 칠하듯이 발라줄 뿐이다. 얼마나 바삭하고 맛있을까 하고 조금 뒤에 한입 베어 물 나를 미리 부러워하듯이 입가를 살짝 찡그리게 된다. 이건 밀가루 부분이 조금 적을 테니까 그 점은 미리 감안하라고 나에게 일러두면서. 풀칠을 하듯 반죽물을 발라준 틀에 거대한 양의 팥소를 넣고 틀을 접어버리면 다이야키가 내 손에 들리는 건 시간문제다. 맛있게 으깨지는 시간이 얼마나 지났을까. 이제는 먹어야 할 때. 카운터 앞에 서서 기분 좋게 주문했다.

"쓰부앙으로 하나 주세요."

아까부터 팥을 향해 헤실헤실 웃고 있던 나를 봤다는 듯 직원분의 친절한 미소가 대답처럼 돌아왔다. 그제야 으깨질 대로 으깨진 행복한 시간에서 빠져나왔다. 더 오래 서 있다간 이상한 사람이 될지도 모르니 다이야키 하나 다 먹는 시간 동안만 더 보고 계단을 올라 현실로 돌아왔다.

백화점을 빠져나와 미술관도 가고, 가고 싶었던 상점도 가고, 도쿄에 살고 있는 친구들을 만나 늦은 밤까지 초밥에 맥주를 마신 날이었지만, 어째서인지 이날을 돌이켜보면 팥에게 뺏긴 시간이 가장 기억에 남는다. 그런 걸로 시간을 써도 되냐고 물을 법한 시간을 나에게 충분히 제공한 날이었으므로.

눈으로 먼저 먹는

쉴 수 있는 시간이나 쉬어야 하는 시간이면 음식 사진이나 음식점 메뉴판부터 찾게 된다. 멀리서부터 날아온 공을 곧장 받아내는 사람처럼, 나는 어디에서든 지금 먹을 음식을 빨리 고를 수 있는 사람이다. 이는 오랜 훈련으로 만들어진 순발력이 아닐까. 당장은 아무것도 먹을 수 없는 상태일지라도 구체적인 상황을 상상하며 메뉴 하나 골라보기는 나의 오랜 놀이 중 하나였다.

아직 안 가본 음식점을 검색하며 지금 당장 방문한다면? 이런 가정을 하나 띄워놓는다. 입에 넣고 싶은 걸 상상해보기도 하고, 때때로 도시락 가게에서 나눠준 전단지를 펼치며 다음에 먹을 점심을 미리 고르기도 한다. 아무리 배가 불러도 먹는 상상을 시작하기만 하면 얼마든지 배가 홀쭉해졌다. 후식배가 따로 있다는 흔한 농담은 내 세상 속에서만큼은 상상 공복으로 불리기도 한다.

물론 공복 상태로 장을 보는 건 좋지 않다. 배가 부른 상태로 장을 보면 그 기쁨은 두 배가 된다. 여유롭게 걸어 다니면서 다음으로 배를 부르게 할 먹을거리를 고르는 동시에 소화를 시키는 장보기 설정이 무척 마음에 든다. 지금 배가 불러서 뭘 해 먹을지 안 떠오른다는 건 나한테서는 농담으로도 나오기 힘든 말이다. 공복이 아니기 때문에 조급하지 않고 나중의 식사를 마음껏 계획할 수 있다.

점심밥을 먹고 다시 작업실로 들어가는 길에는 빵집에 들른다. 필수 산책 코스다. 목적지 없이 걷던 산책길 위에 뚜렷한 도착지가 설정되고, 거기에 오후 4시경의 간식을 고르는 일과 더불어 내일 아침에 먹을 빵을 챙기기까지. 한 번의 걸음에 몇 가지 이득이 생긴다.

빵을 고를 때면 온 신경이 눈으로 집중된다. 작업 의뢰 메일을 차근차근 읽으며 잘 이해하려 들 때와 비슷한 눈빛을 하고서 미래를 그린다. 그 속에서는 나중에 쩝쩝거릴 내가 미리 테이블 앞에 앉아 있다. 하루 중에 이런 주의력이 발휘되는 일이 몇 번이나 있을까. 4시 빵은 어렵지 않게 골랐는데, 내일의 빵은 고민이 길어진다. 의뢰가 들어온 일을 선택할 때는 일하며 괴롭지 않을 나를 상상한다면, 내일 먹을 빵을 고를 때는 내일의 내가 어떤 식감의 빵을 씹고 싶을지를 예측한다. 나름대로 뽐내고 있는 빵들을 유심히 보다 보면 보이지 않던 근미래가 가까이 그려진다.

나에게 음식 취향이 깃드는 과정이 있다면 그 시작에는 먼저 눈으로도 먹고 싶은 마음이 있다. 팥소 사진은 그간 쉬는 시간 동안 멍하니 바라본 음식 중 단연 1등을 자랑하지 않을까. 팥소가 보기 좋게 찍힌 사진이 표지를 장식하고 있는 책을 발견하면 마치 그 음식을 발견한 것처럼 기쁘다. 언젠가 들른 도쿄의 작은 마을 니시오기쿠보에 위치한 책방에서 작은 책 하나가 나를 향해 빛을 내고 있었다. 유광 코팅되어 반짝이는 표지는 고슬고슬한 팥소를 돋보이게 하기에 충분했다. 팥소 사진은 내게 말했다. 책을 들어 살펴보지 않아도 집으로 데려갈 수밖에 없지 않냐고.

그렇게 구입한 것도 꽤 오래전 일인데 여전히 내 곁에 진열되어 있다. 책방에서 처음 만났던 그 거리감과 비슷하게. 작업실에 앉아 오늘 치 일에 열중하다가도 습관처럼 책에 시선을 돌린다. 그 끝에는 언제나 마치 당일에 만들어진 듯한 떡과 팥소 사진이 있으므로. 그러고 보니, 나는 일할 때는 커피를 마시고, 쉴 때는 팥소 사진을 보는구나. 커피콩과 팥 콩에게 큰 신세를 지며 하루하루를 건너가고 있다.

　나를 위해 차려놓은 팥 표지의 작은 책. 이 책의 제목은 담백하기 그지없는 『팥소의 책(あんこの本)』 이다. 표지는 열두 개의 쑥떡이 보기 좋게 찍힌 사진 으로 장식했다. 일본 간사이 지역 나라 외곽에 위치 한 한 일본식 제과점의 떡으로, 선물용 나무 상자 뚜 껑을 열었을 때의 모습을 자랑하고 있다. 쑥떡 위에 는 고시앙에 가까운 고운 팥소가 정갈하게 발라져 있는데, 이런 걸 만들어내는 것이야말로 인간 세상 의 아름다움이 아닐까 싶을 만큼 팥소의 발림 정도 가 일률적이다. 팥소의 진한 붉은색과 쑥떡의 녹색 의 어울림은 말할 것도 없고. 게다가 가게에서 직접 기르고 수확한 쑥으로 만든다는 사실. 단 한 번도 먹 어보지 못한 음식을 사진으로만 바라본 지도 벌써 몇 년째. 오늘까지 매일 바라보고 있는 떡이지만 단 한 번도 입에 넣은 적은 없다.

　『팥소의 책』의 프롤로그 제목은 꼭 나의 생 한 면을 요약해둔 것도 같다. '팥을 아는 여행(あんこを

知る旅)'이라니. 팥을 먹는 여행이 아닌, 팥을 아는 여행. 꼭 내 마음 같다. 책의 저자는 성인이 된 후에야 팥을 좋아하게 되었다고 한다. 자신이 사는 지역에 있던 한 떡집을 시작으로 팥에 대한 여행을 하게 되었다고. 취향과 입맛은 스스로 선택하고 그 선택에 재미를 붙일 때에 비로소 자라나지 않을까. 나의 감탄을 자아내는 음식들은 곳곳에 존재한다.

언젠가 낯선 도시를 찾아가 쑥떡 하나를 입으로도 알게 되는 여행을 하고 싶다. 혹시나 그 맛이 책상에 앉아 지친 눈으로 바라보던 맛보다 덜할까 봐 겁이 나진 않는다. 눈으로만 먹던 시간이 길었던 만큼 실제로 입에 넣었을 때의 첫 입은 또 얼마나 입체적일까.

나에게는 매일 알고만 지내는 팥소가 있다. 언젠가 기억으로 떠올리는 팥소가 되는 날을 그리며 눈에 힘을 준다.

다시 만난 '있을 무' 맛

코로나19 이후에 처음 떠나는 여행은 혼자였고 목적지는 교토였다. 4년 만에 떠나는 여행은 마치 초기 상태로 되돌아간 사람처럼 모든 게 두렵고 무섭기만 했다. 일본 여행 앞에서는 혼자 떠나는 게 오히려 더 좋던 나였는데 지금은 무엇이 그리 두려운 걸까. 기왕이면 누군가와 함께 떠나는 여행을 시작으로 이 공백에 진한 선을 긋고 싶었던 것 같기도 하다. 비행기를 제때 탈 수 있을까부터 시작해서, 길을 헤매면 어쩌지, 편의점에서 계산하다가 버벅거리진 않을까 하며 이전에는 하나도 어렵지 않던 것들이 전부 낯설게 다가왔다. 그래서 더욱 떠나야겠다고 생각했다. 그렇게 해야만 외부적으로 만들어진 이 공백을 스스로 채울 수 있을 거라는 이상한 확신이 들었다.

오랜만의 여정에서 가장 먼저 새삼스러웠던 건 하늘을 난다는 사실이었다. 그전까지 비행기 안에서 공포를 느껴본 적은 거의 없었다. 그런데 비행기 바퀴가 땅에서 떨어지자마자 마치 처음 비행기에 올라탄 사람처럼 심장이 뛰었고 나도 모르게 눈을 감고 주먹을 꽉 쥐었다. 하늘을 날자마자 '하늘을? 날

다니?' 하며 갓 만들어진 생생한 공포감이 물음표의 모습을 하고서 마구 생겨났다. 옆자리 짝꿍이 된 낯선 승객도 비행기가 날아오르자마자 입 밖으로 무섭다는 말을 몇 번이나 내뱉었다. 간사이 공항에 무사히 착륙했을 때 우리는 나란히 앉아 박수를 쳤다.

그렇게 시작된 교토 여정에서 나는 번번이 이전의 장면을 찾으려 들었다. 이제는 사라진 식당, 친구들과 둘러앉았던 라멘집, 동거인과 같이 걸었던 강변, 맛있어서 몇 번이나 갔던 백반집, 지금까지도 펼쳐보는 얇은 책을 샀던 책방 같은 곳들.

가본 적은 없지만 '다시'의 기분을 가져오고 싶은 곳도 있었다. 하얀 콩떡을 파는 데마치후타바였다. 데마치후타바는 교토 데마치라는 상점가에 위치한 전통 화과자 전문점으로 무려 1899년부터 자리를 지키고 있다. 이름을 직역해보자면 '데마치 상점가의 떡잎' 정도일까.

데마치후타바의 하얀 콩떡을 먹은 건 벌써 오래전의 일이다. 몇 해 전 나를 포함해서 네 명이 한 세트인 친구들끼리 교토 여행을 떠났다. 길지 않은 여정 동안 함께 먹고 마시며 지내다가 마지막 날 오후에는 각자 자유 시간을 쓰기로 했다. 우리는 가모가와 카페라는 이름의 카페 겸 식당에서 늦은 점심을 먹은 후 가모가와 근처에서 흩어졌다. 한 명씩 자유시간에 하고 싶은 일들을 말한 후에 잠깐의 안녕을 바라며 손을 흔들었다. 골목 끝에서 친구 모습이 사라질 때까지 손을 높이 흔드는데 왜인지 마음이 찡했다. 이따가 다시 만나자는, 평범하면서도 특별한 약속 하나가 여행 중인 우리 모두에게 동일하게 주어지는 순간이었다. 걱정과 동시에 혼자 된 상쾌함이 같은 한숨으로 나왔다.

나는 그길로 호호호자 책방에 갔다. 느긋하게 책을 고른 후에 아이스크림이 올라간 멜론소다를 주문하고 앉아 방금 산 책을 뒤적거렸다. 그 후에 로쿠요샤 커피점에서 담배를 피우는 낯선 두 여성과 합석하여 도넛에 커피를 마셨다. 로쿠요샤는 자주 방문했던 커피점이지만 사람이 많으면 모르는 사람과 좁은 테이블을 같이 써야 한다는 것은 이날 처음 알았다. 두 여성은 나에게도 담배를 권했지만 내가 거절하자 자신들만 피웠고, 다 피운 후에는 나에게 미안하다는 인사를 상쾌하게 던지며 퇴장했다. 그 후 호호호자 책방에서 받은 지역 지도를 보면서 레코드 가게 제트셋 교토점으로 가서 CD와 테이프를 구경하고, 다시 시내를 걷다가 백화점 식품관에서 친구들 줄 선물을 골랐다. 그 짧은 시간 동안 이렇게나 야무지게 다녔다니.

번화한 쇼핑몰 앞에서 다시 만난 친구들은 반갑기만 했다. 늘 따로 지내다가 오랜만에 며칠 같이 있던 것뿐인데도 고작 몇 시간 헤어졌다고 왜 그렇게 보고 싶던지. 우리는 패밀리 레스토랑에서 간단히 밥을 먹고 호텔에서 먹을 것들을 바리바리 사서 일찍 들어갔다. 호텔의 좁은 테이블에 두런두런 모여 마지막 술을 마실 때 친구 한 명이 자유 시간에 줄을 서서 샀다는 마메모치(콩떡)를 꺼냈다. 투명에 가까운 하얀 떡이 여러 개 들어 있는 박스가 어찌나 예쁘던지. 한입 먹자마자 누가 먼저랄 것도 없이 서로의 얼굴을 쳐다보았다. 그날의 기억은 나의 첫 책 『빵 고르듯 살고 싶다』에 부드럽게 담겼다.

투명할 정도로 맑은 하얀 떡에 콩이 군데군데

박혀 있고, 안에는 고운 팥소가 조용히 숨어 있는 지역 명물 떡. 박힌 콩은 이 안에 팥이 있다는 걸 알리는 표시일 뿐이라는 듯 그 존재감이 그리 크진 않았다. 친구들과 같은 떡을 오물오물거리면서 떡 하나를 먹는 데에 걸리는 한정된 시간을 속이 꽉 차게 행복해했더랬다. 이 떡 참 맛있다 감탄하며 내가 했던 한마디.

"굳이 표현하자면 '있을 무' 맛이네."

떡 씹던 입으로 중얼거리며 뱉은 나의 맛 평가에 친구들은 먹던 떡을 내려놓으며 아낌없이 감탄해 주었다. 지금 당장 일어나는 일에 대해 깔끔하게 압축한 표현 하나를 던지는 것에 재미를 느끼는 나는 친구들의 반응에 더욱이 행복해졌다. '있을 무'라는 말이 우리에게 나타나자 남은 떡은 모두 '있을 무'의 맛이 되어 우리만의 것으로 남았다.

그렇게 나에게 데마치후타바가 있는 거리는 '있을 무'의 맛을 가진 떡의 마을로 기억되었다. 혼자 교토를 여행하다가 만난 데마치후타바는 우리가 헤어진 곳에서부터 그리 가깝지는 않았다. 처음 본 가게지만 익숙한 떡들이 보기 좋게 진열되어 있었고, 각종 떡들이 실시간으로 만들어지고 있었다. 친구가 보냈을 자유 시간이 뒤늦게 그려졌다. 오후 늦은 시간인데도 여전히 줄이 길었고 오후여서 그나마 덜 북적거리는 분위기였다. 친구가 사 왔던 떡 마메모치가 남아 있는 걸 확인한 후 자연스럽게 줄에 합류했다.

우리를 위해 긴 줄을 마다하지 않고 콩떡을 사 왔을 친구의 마음을 다시 한번 느끼며 서 있자니 심심하지 않았다. 그런 날이 없었다면 줄을 서지 않았을 텐데 친구들 생각에 힘이 났다. 다시 먹어보고 싶다는 마음. 혼자 다니자니 친구들이 보고 싶은 그런 마음. 추억하기 딱 좋은 순간. 서울에서 이렇게 보고 싶어 한 적이 있던가.

팥소를 넣고, 쉴 틈 없이 찌고, 사람들에게 건네는 마메모치를 하염없이 구경하고 있으니 이미 한 알 먹은 것처럼 만족스러웠다. 혼자 여행을 하다 보면 다시금 입이 짧아지는 탓에 많이는 살 수 없었다. 단 두 개만 주문했는데도 아름다운 포장지로 반듯하게 포장해서 건네주는 정성이라니.

자판기에서 녹차 하나 뽑아서 가모가와 벤치에 앉아 포장을 제대로 만져보는 시간. 때로는 먹기 전의 이런 행위가 어째서인지 더 맛을 돋운다. 포장지를 조심히 뜯어 펼치니 두 알의 마메모치가 가지런히 나타났다. 포장지를 뜯기 전에도 예쁘지만 포장지를 뜯어야 진짜 아름답지? 하고 말하듯이.

공원에 혼자 앉아서 다시 맛본 마메모치는 여전히 맛있었다. 너무 오랜만이라 아는 맛이라고 하긴 어렵고 잘 만든 떡 맛이라고 느꼈다. 안에 든 팥소가 내 마음을 달래주었다. 콩이 군데군데 박힌 떡과 어울리는 팥소였다. 팥소를 음미하며 예전과 다름없이 오물오물 씹었다. 그런데 왜 기운이 나지 않을까. 나는 왠지 점점 힘이 풀리는 눈을 내 힘으로 더 처지게 만들면서 남은 떡을 마저 씹었다. 오늘의 떡 맛을 또 한번 표현해보자. 굳이 따지자면 '친구 없을 무' 맛이 아닐지.

지난번의 마메모치는 '친구 있을 무' 맛이었던 걸까. 씹을 때마다 친구들의 빈자리가 느껴져서 자꾸만 강가의 오리와 하늘의 구름을 쳐다보았다. 과거의 내가 왜 '있을 무' 맛이라고 떠들어댔는지 조금

더 어른이 된 채로 재확인하면서. 조금 전 데마치 상
점가에서 본 문장들이 강가에 다시 나타났다. 상점
가에서 파는 물건들을 구경하는 대신 천장에 달린
메시지들을 올려다보며 신나게 사진을 찍었던 건 꼭
내가 듣고 싶던 말들이었기 때문이 아닐까.

오늘도 힘차다!
언제나 네 곁에 있어.

처음 맛본 날을 이길 수 있는 건 아무것도 없다.
단지 친구들과 함께 맛봤다는 이유만으로 그런 맛을
냈던 걸까. 모든 음식은 먹으면 먹을수록 익숙해져
서 놀랄 일이 덜어지고 감흥의 그래프가 그만큼 하
강한다. 두 번 세 번 여러 번 먹어본 음식은 꼭 냉장
고에 넣어둔 음식처럼 조금은 시시해져 있다. 하지
만 이것은 이것대로 오늘의 맛일 것이다. 나는 그날
처음으로 무엇이 없는지를 알았고, 그건 공허함의
맛이면서 동시에 이번 여행의 맛이었다. 가모가와
벤치에 앉아 나를 위한 사치스러운 종이 포장을 벗
겼던 순간만은 오늘이 처음이었다.

이렇게나 맛난 팥소가 든 떡인데 팥떡이 아니라 콩떡인 이유는 무엇일까. 아무리 팥이 콩과의 한해 살이풀이라고는 해도 팥은 팥이고 콩은 콩이다. 팥을 뜻하는 '아즈키'라는 단어가 존재하는데도 '마메모치'라는 이름을 붙인 데에는 분명한 이유가 있지 않을까.

마메모치 속의 팥소 맛은 많이 달지 않고 그 존재감이 조용한 편이다. 우선 떡집이기 때문에 떡 자체가 맛있어야 해서 팥소는 크게 참견하지 않을 정도로 존재하게끔 만들었다고 한다. 그래서 팥소는 쓰부앙이 아닌 고시앙이고, 팥뿐만 아니라 붉은 완두콩을 함께 으깨 넣어 짠맛을 자연스럽게 더해주었다고. 나는 뚜렷한 이유로 고시앙을 사용하는 가게들을 좋아한다.

마메모치에는 드러내는 콩과 숨어 있는 콩 두 종류가 있는 셈이다. 팥은 한 번 쓰였는데 콩은 팥소에 한 번 떡에도 한 번 쓰였으니 콩의 존재가 좀 더 진한 건 사실이다. 하지만 다시금 생각하면 맑은 흰떡 부분과 딱 맞는 팥소가 역시 먼저 떠오른다. 조용한 기운이 멀리 오래 닿는 게 팥의 힘이라면 힘이다.

지금의 내가 마메모치 맛을 정리하자면 이렇다. '이
름에는 드러나지 않는 고슬고슬 고운 팥이 들어 있
을 유' 맛!

모퉁이 국화빵 할머니

엄마는 내가 아주 어렸을 때 동네 시장 초입에서 작은 옷 가게를 운영했다. '블랙센스'라는 이름의 옷 가게는 동네 여성들에게 아주 인기였다. 블랙센스에 대한 기억을 떠올려보자면, 엄마 혼자서 심심하게 앉아 있던 풍경보다는 사람들로 바글바글 북적이던 풍경만이 기억에 남아 있다. 나는 거의 매일 옷 가게를 가거나 그 근처에서 놀았고, 내 곁엔 늘 오빠가 함께였다.

집을 나와 시장 방향으로 그대로 직진하다가 국화빵 할머니를 끼고 왼쪽 골목으로 꺾으면 엄마의 옷 가게가 있었다. 그 길을 지날 때마다 오빠는 늘 국화빵 할머니가 불쌍하다고 울 듯이 말했다. 대체 뭐가 불쌍하다는 건지 한 개도 모르겠던 나는 울먹이는 오빠의 미간을 유심히 볼 뿐이었다. 오빠는 "엄마, 저거 사야 할 것 같아."라는 말을 입에 달고 살았다. 오빠의 시선 끝에는 길바닥에서 콩을 파는 할머니, 국화빵을 굽는 할머니, 오이지를 가지런히 정리하는 할머니가 있었다. 오빠는 왜 툭하면 저럴까. 엄마는 낯빛이 급격히 어두워지던 오빠의 손을 잡으며 늘 웃어 보였다.

"할머니는 안 불쌍해."

한번은 엄마의 말에 더해서 내 의견을 피력한 적도 있었다.

"오빠, 할머니 돈 엄청 많던데? 통에 이렇게나 많이 있던데?"

내 몸만큼 큰 원을 그리며 신나게 말했더니 엄마는 맞아 맞아 하면서 "우리보다 더 부자셔!" 하고 맞장구를 쳤다. 하지만 오빠에게 그 말은 통하지 않았던 것 같다. 걸핏하면 국화빵을 사 달라고 졸랐고 오빠가 남긴 국화빵은 늘 내 몫이었다. 그 시절 나는 붕어빵보다는 입에 넣기 좋은 작은 국화빵을 조금 더 좋아했다. 국화빵의 밀가루 부분은 붕어빵보다 찰기가 있었고 한입 깨물었을 때의 식감도 마음에 들었다. 붕어빵이 바삭하다면 국화빵은 쫀득했다. 무엇보다 붕어빵이 만들어지는 과정보다 국화빵이 만들어지는 과정이 오밀조밀 귀여웠다.

엄마 옷 가게에 가다가 모퉁이만 돌면 국화빵이 생기는 게 자연스러운 일상이던 터라 나는 나보다 오빠가 그런 빵을 더 좋아하는 줄만 알았다. 각종 길거리 음식들은 부지런히 오빠에게 말을 걸었는지 내가 먼저 먹고 싶다고 말하기 전에 오빠를 통해 얻어졌다. 생각해보면 오빠는 쉽게 슬퍼하면서도 슬픈 감정을 무척이나 싫어하는 사람이었던 것 같다. 나는 포크송을 좋아해서 툭하면 크게 듣곤 했는데, 오빠는 늘 다른 노래를 듣자고 말하는 사람이었다. 이런 노래를 들으면 슬퍼지고 기분이 이상해져서 울고 싶다고. 그러면서도 슬픔이 넘쳐 눈물을 흘릴 때는 꼭 슬픈 노래를 먼저 틀어둔 후 자리를 잡고 누워서 제대로 우는 사람이기도 했다.

오빠의 터무니없는 자선심은 엄마의 주머니 속 현금을 빠르게 사라지게 할 뿐이었지만, 그저 팥이 든 갓 구워진 길거리 밀가루 구이를 오빠는 참 좋아한다고 제대로 오해해버린 나였다. 이제 국화빵만 보면 오빠가 생각날 정도로. 국화빵이 구워지는 풍경엔 늘 오빠의 울 것 같은 표정이 겹쳐 보였다.

어느 겨울, 심하게 탈이 난 오빠는 며칠 동안 밖에도 나가지 못하고 내복만 입은 채로 이불 속에 누워 있었다. 오늘 저녁에도 오빠는 함께 밥을 먹지 못하는구나. 정확히 어떤 상황인지 인지하기 어려운 나이였던 나는, 밥때를 기준으로 오빠의 상태를 대충 짐작할 뿐이었다.

저녁을 먹은 후 엄마는 나에게 약국에 좀 다녀오라고 하셨다. 마침 오빠가 먹을 약이 떨어져서 당장 사야 했고 갈 사람은 나뿐이었던 것 같다. 엄마는 약국에 전화를 해뒀으니 받아만 오면 된다며 현금을 넉넉하게 챙겨주셨다. 약국 위치를 찾는 건 어렵지 않았다. 엄마의 옷 가게를 간다고 생각하고 걷다 보면 모퉁이에 등장하는 국화빵 할머니. 바로 그 맞은편이 약국이었다.

이런 길에는 왜 꼭 눈이 내리는 걸까. 평범한 삶 속의 나도 돌아보면 그림책의 주인공처럼 그려지던 날, 나는 멀뚱멀뚱한 표정으로 엄마가 건네준 현금을 내내 인식하며 씩씩하게 눈길을 걸었다. 약국 문을 열고 들어가니 평소 친하게 지내는 약사 할머니가 웃으며 약속한 약 봉투를 건네주셨다. 앉았다 가라는 약사 할머니를 멀거니 쳐다보다가 의자에 앉았다. 왜인지 바로 나가면 이상할 것 같았다.

약국에 놓인 길고 다정한 나무 의자가 평소보다 따뜻하게 느껴져서 조금씩 긴장이 풀렸다. 오빠의 상태를 묻는 약사 할머니의 말에 나는 그냥 누워 있다고 대답했다. 그제야 오빠가 조금 걱정되기 시작했다. 매일 날뛰는 시간보다 가만히 있는 시간이 현저히 적은 오빠인데, 방에 혼자 누워 있을 이 시간이 얼마나 심심할지에 대한 걱정이었다. 나라면 하루 종일 누워 있는 건 일도 아닌데. 엄마의 표현을 빌리자면 오빠는 하루 중에 자는 일 외에는 뛰기만 하는 사람이었다. 혹은 높은 곳에 매달려 있거나, 거기에서 떨어지거나, 다시 올라가거나, 바닥을 기거나, 신나게 구르거나. 그에 반해 나는 자는 시간 외에는 먹거나 가만히 있는 아이였다고 한다. 오빠에 비하면 나는 발가락으로 키운 것 같다고.

"오빠한테 가볼게요. 안녕히 계세요!"

약 하나 사러 왔다는 이유로 대단히 착한 동생 취급을 받은 터라 그에 부응하기 위한 씩씩한 인사를 건네며 약국을 빠져나왔다. 약국에서 거슬러준 돈을 만지작거렸다. 오빠를 기쁘게 해주고 싶은데 지금 내가 할 수 있는 일이 무얼까. 오빠가 좋아하는 국화빵 할머니에게 다가가 인사를 건넸다. 이걸 사는 걸 오빠는 좋아한다. 그 생각뿐이었다. 어쩌면 내 인생 최초의 병문안 선물이 아니었을까.

　그날따라 국화빵은 없었고 붕어빵만 남아 있었다. 오늘은 붕어빵이다 오빠, 생각하면서 붕어빵 1,000원어치를 사서 나오니 여전히 눈이 내리고 있었다. 약 봉투는 주머니에, 붕어빵이 든 흰 봉투는 외투 안에 넣고서 달렸다. 지금이라면 봉투를 받자마자 붕어빵을 세로로 정리한 뒤에 봉투를 잔뜩 벌려서 붕어빵이 최대한 눅눅해지지 않게 하겠지만, 너무나 어렸던 나는 붕어빵의 온도를 지키는 일이 최선인 줄 알았다. 기뻐할 오빠를 떠올리니 집까지 가는 직선의 골목길이 길게만 느껴졌고, 멀뚱멀뚱하던 표정은 가시고 어느새 웃음만 넘실거렸다.

　"엄마! 남은 돈으로 오빠 선물 샀어!"

　심부름을 보내놓고 내내 걱정이 되었던 엄마는 반가움과 놀라움이 섞인 표정으로, 또 방금까지 바빴다는 듯이 손의 물기를 닦으며 현관으로 나왔다. 호기롭게 약 봉투와 붕어빵 봉지를 든 나를 본 엄마는 크게 웃으며 그 웃음에 반하는 사실 하나를 알려주었다.

"그런데 오빠는 아직 배가 많이 아파서 붕어빵은 못 먹어. 진아가 맛있게 먹으면 그게 선물이야."

요만큼도 예상 못한 일을 마주한 것처럼 충격을 받았다. 오빠가 아파서 오빠가 좋아하는 걸 사 왔는데, 아파서 먹지를 못한다니. 오빠는 엄마와 나의 대화를 들었다는 듯이 이불에 누운 채로 나를 불러댔다. 붕어빵 사 왔어? 진짜야? 우와! 하는 소리가 현관까지 쩌렁쩌렁 울려 퍼졌다. 방에 가보니 오빠는 작은 몸을 겨우 일으켜 베개 쪽에 앉아 있었다. 나는 시무룩한 표정으로 오빠를 마주 보고 앉아서 붕어빵을 보여줄 뿐이었다.

"미안. 붕어빵 봐서 붕어빵 먹고 싶지."

모처럼 잘했다고 생각한 일이 오히려 독이 된 것 같을 때, 사람은 주눅이 드는구나. 그런 감정을 처음으로 느끼며 오빠 앞에서 눅눅해진 붕어빵 봉지를 만지작거렸다.

"그럼 이렇게 하자! 내가 먹고 싶은 대로 너가 대신 먹는 거야!"

언제나 즉흥 놀이를 만들어 온 동네 아이들을 단시간 내에 몰입하게 만들기 대장인 오빠는, 집에서도 크고 작은 놀이를 번번이 창조하며 한사코 즐겁게 사는 아이였다. 그림의 떡인 붕어빵조차도 놀이의 소재로 만들다니. 그것도 아픈 상태로. 오빠가 먹는 시늉을 하면 나는 오빠를 똑같이 따라 하면서 붕어빵을 먹으면 되는 놀이였다.

"일단, 어디부터 먹을까. 고민되네. 오늘은 꼬리부터 먹을게."

오빠의 주문을 따라 꼬리 부분을 입에 가까이 대면서 이 정도? 하는 표정을 취하면 오빠는 너무 많다느니 너무 적다느니 까탈을 부리기 바빴다. 오빠에게 오케이 사인이 떨어지면 오빠를 쳐다보며 붕어빵을 깨물었다.

"그리고 열 번 씹을 거야."

오빠의 주문대로 열 번 씹을 때 오빠도 아무것도 안 먹은 입으로 똑같이 씹는 척을 했다. 마주 보고 붕어빵을 씹고 있으니 푸하하하 웃음이 터져서 자꾸만 이불에 코를 박고 웃었다. 웃는 건 주문에 없었다고 같이 깔깔거리던 내복 차림의 오빠. 이번엔 팥만, 이번엔 살만. 이번엔 이렇게, 이번엔 저렇게. 점점 먹기 힘든 동작을 만들고 그걸 세상 열심히 따

라 하면서 우리는 두툼한 이불 위라는 겨울의 놀이
터에서 붕어빵 하나로도 배꼽이 빠져라 웃었다.

　　어느 겨울의 작고 따뜻한 이 일화는 내 마음속
에 오래도록 남아 있다. 여전히 기억 속에서 작은 스
노볼 모양으로 존재하는 겨울밤. 지금도 가끔씩 이
스노볼을 들어 살짝만 흔들면 다시금 옛 동네 위에
고요히 눈이 내린다. 온 동네에 스노볼 모양의 따뜻
한 지붕이 덮여 있던 따뜻한 동네에서 우리 남매가
차근차근히 자라났던 둥근 한때. 그 위에 1990년대
의 눈이 덮인다.

　　"맛있어?"

　　"응. 너무 맛있어."

　　"아, 진짜 먹고 싶다!"

　　길거리에서 팔던 뜨끈한 국화빵을 살 때는 한
번도 외치지 않던 말을, 눅눅해진 붕어빵을 내가 대
신 먹어줄 때 뜨겁게 외치다니. 오빠는 그런 사람이
었다.

겨울에 조금 더
수다스러워지는 사람들

어느 겨울, 예고도 없이 잉어빵이 등장했다. 붕어빵과 국화빵만으로도 빵빵하게 채워졌던 흰 봉투의 자리를 잉어빵이 위협하기 시작한 건 언제부터였을까. 잉어빵의 시작을 따지려 들다 보니 한 가지 놓친 게 있다. 왜 생선 모양을 본떠 만들기 시작했는지 궁금해지는 것이다. 붕어빵과 잉어빵을 먹을 때는 물론이고, 일본에서 다이야키를 먹을 때에도 물음표가 뜬다. 붕어, 잉어, 도미 모양 팥빵이 겨울의 대표 간식으로 자리 잡은 지도 오래인데, 어째서 물고기 모양에 팥 맛일까. 먹기 힘든 값비싼 음식 재료의 모양이라도 훔치고 싶었던 걸까. 이 아리송함은 한 덩어리의 맛있는 손난로를 뚝딱 먹고 나면 알아서 사라진다. 그럼 어떤 모양이면 더 먹고 싶었을까 따지기에는 이미 익숙한 데다가 맛있으니 아무래도 상관이 없어지고, 밀가루와 팥으로 조화를 이룬 게 극적으로 기쁘기만 하다.

그간 붕어빵은 먼저 알고 지낸 빵, 잉어빵은 갑자기 나타난 기름진 빵이라고 나름의 구분을 해두고는 별 상관없이 지냈다. 그러면서도 잉어빵은 대충 붕어빵에 속해 있다고 단정 지었다. 그런데 어느 날,

지인이 중얼거린 말을 듣고 붕어빵과 잉어빵에 대해 신경이 쓰이기 시작했다. 멀리서 붕어빵 노점을 발견하고 빠른 걸음으로 다가가보니 글쎄 잉어빵이어서 발길을 돌렸다는 것이다. 아니, 붕어든 잉어든 그 안에는 따끈한 팥이 들어 있는데 그걸 왜 마다하셨나요. 하지만 하얀 봉지를 금방 축축하게 만드는 잉어빵의 기름기는 과연 생각을 하게 만들어서 속마음을 내비치지 못했다. 잉어빵이 기름지긴 해도 붕어빵을 기대했던 마음까지 축축하게 만들진 않을 텐데, 누군가의 입에는 완전히 다른 음식이라니. 손에 붕어빵도 잉어빵도 없이 골몰해본다. 따지자면 나도 잉어빵보다는 붕어빵에 손을 들고 싶다. 붕어빵을 손으로 잡고 싶다. 사람도 그렇고 음식도 기름진 것보다야 담백한 게 으뜸이니까.

대뜸 질문하길 좋아하는 나는 어느 자리에서 질문 하나를 던졌다. 오는 길에 미니 잉어빵 열여섯 마리를 사 들고 와 나눠 먹는 중이었다. 붕어빵과 잉어빵을 만날 때마다 번번이 띄우던 속마음 말풍선을 모처럼 눈에 보이게 그릴 수 있는 자리였다. 잉어빵을 오물거리면서 붕어빵과 잉어빵에 대해 함께 이야기하는 이 시간이 나에겐 모처럼 중요했기 때문에.

"붕어빵과 잉어빵의 차이를 아시나요?"

질문을 들은 사람들은 대부분 고개를 저었고, 잘 모르겠다는 뉘앙스를 표하고는 나를 빤히 보고들 있었다.

"…이건 미니 잉어빵이라고 적혀 있었거든요. 잉어빵은 대체로 조금 기름진데, 이건 기름진 느낌은 아닌데도 잉어빵이네요. 왜 잉어빵일까요…."

질문에 대한 답이 돌아오지 않자 나는 다시금 혼자가 된 것처럼 마저 중얼거렸다. 더는 할 말이 없어서 오물거리기만 하는데, 사람들은 여전히 내 입만 쳐다봤다. 곧이어 차이점을 알려주려고 꺼낸 말 아니었냐는 원성이 이어졌다. 내가 한 말이 질문인지 몰랐고, 이제부터 붕어빵과 잉어빵의 차이를 알려주고 싶어 하는 줄 알았다고.

"아니요. 저도 늘 궁금했는데 한 번도 안 찾아봤네요."

정확히는 늘 궁금한 게 아니라 겨울에 잉어빵을 오물거릴 때만 궁금했고, 그제야 이런 최첨단 시대에 어째서 검색해볼 생각을 못했나 싶었다. 머리를 긁적이자 멀리 앉아 있던 한 분이 입을 열었다. 마치 드라마 〈대장금〉에서 수라간 최고상궁 마마와 어린 장금이의 거리만큼 멀리 떨어져 있던 분이었다. "설 당이 아니라 홍시이옵니다."라며 조용히 그리고 확 고하게 말하던 장금이의 말투와 비슷했다.

"그건 반죽의 차이래요."

나는 꼭 홍시 맛이 난다는 대장금의 말에 놀란 최고상궁 마마 정 상궁처럼 눈을 동그랗게 떴다.

"반죽이? 다르다고요?"

붕어빵과 잉어빵의 차이가 단지 담백함과 기름 짐의 차이가 아니었다는 걸 곧장 경험적으로 파악할 수 있었다. 지난 붕어빵과 잉어빵들이 선명하게 다 가왔다. 맞아, 식감도 달랐고 씹을 때의 소리도 전혀 달랐어. 붕어빵과 잉어빵에 쓰이는 반죽, 그 반죽 자 체가 다르구나! 붕어빵엔 밀가루만 들어가는 데 반 해 잉어빵에는 밀가루뿐만 아니라 찹쌀이랑 버터가 들어간다고 했다. 버터라는 단어를 듣자마자 여태 먹은 잉어빵의 기름 기운들이 생생하게 그려졌다.

알고 보니 취미로 베이킹을 하는 분이었다. 빵

을 좋아해서 종종 집에서도 빵을 만든다며 쑥스럽게 말하는 그분의 표정을 보면서, 그의 빵 생활 폭과 깊이는 나와 전혀 다르겠구나 싶었다. 빵을 그렇게 좋아해도 내 손으로 빵 만들 생각은 단 한 번도 안 해본 나의 작은 빵 그릇이 그렇게 드러났다. 해보는 게 많을수록 보이는 것도 알게 되는 것도 많은 건 당연했다.

며칠 뒤, 작업실에 앉아 일을 하기 전에 붕어빵과 잉어빵의 차이에 대해 검색해보니 그 말 그대로였다. 반죽의 차이뿐만 아니라 팥소의 양도 다른 듯했다. 붕어빵에는 배 부분에 팥소가 몰려 있는데 잉어빵은 전체적으로 분포되어 있다고. 그렇다고는 해도 팥은 넣는 사람의 마음 아닌가.

이 사실을 친구에게 이야기했더니 하는 말이 글쎄, 붕어빵은 알겠는데 잉어빵은 이름부터 별로라는 것이다. 역시 생선을 잘 못 먹는 사람이 할 수 있는 평가였다. 생선 이름의 빵은 하나만 했으면 좋겠단다. 생선에 약한 나도 실은 같은 의견이었다.

또 어느 날은 친구들과 붕어빵 한 봉지를 나눠

먹다가 또다시 대뜸 질문을 던졌다. 살면서 꼭 한 번은 해보거나 듣게 되는 질문을 여기서 던지고 싶은 날이었다.

"붕어빵 먹을 때 어디부터 먹어요? 머리? 아니면 꼬리?"

대답을 들을 필요도 없었다. 붕어빵 입 부분을 깨문 입으로 "입이요." 하던 친구는 같은 질문을 다시 나에게 던졌다. 나는 꼬리부터 없어진 내 붕어빵을 보여줬다.

"나는 꼬리요."

어렸을 때부터 붕어빵 먹을 때면 왠지 머리 먼저 먹기가 미안해서 꼬리 먼저 먹어온 게 이토록 오랜 겨울 습관으로 자리 잡았다. 이제는 미안함은 없고 단순히 꼬리 부분의 파삭함을 첫 입으로 느끼고 싶어서다.

세상엔 다이야키가 먼저인지, 붕어빵이 먼저인지 따지고 싶은 사람도 있지 않을까? 그렇다면 이렇게 대답하고 싶다. 둘 다 있는 세상에서 산다는 게 이 얼마나 좋으냐고. 한겨울에 손이 시려워서 쥐고 있다가 채 식기 전에 먹어 없애는 맛있는 손난로 하나를 가지고 이렇게 많은 질문을 나누며 웃을 수 있는 이 세상이. 여름보다 겨울에 더 밝아지는 동네 골목과, 여름보다 겨울에 조금 더 수다스러워지는 사람들이 있는 이 세상이 말이다.

연말에 만나는 쉬운 행복

집까지 내달리기. 내가 꾸민 일들로 이미 마음이 벅찰 때면 절로 속도를 내게 된다. 회사에 지각했을 때와 같은 속도로, 마음만은 정반대로 행복해하면서, 집에 지각하는 사람이 어디 있냐고 나에게 물으면서. 양손에 앙꼬절편과 딸기를 들고서 그렇게 집까지 한바탕 뛰어갔다.

몇 해 전 겨울이었다. 겨우내 앙꼬절편이라 불리는 떡이 머릿속에 가득했다. 앙꼬절편 혹은 팥앙금절편 혹은 팥소절편 등 가게마다 이름은 다르지만 그 모양은 비슷하게 아름다운, 절편 안에 팥소가 알맞게 들어간, 별미를 자랑하는 절편이.

절편은 떡살이라고 불리는 판으로 무늬를 찍어눌러 만든 떡이다. 떡의 기본에 충실한 떡 중 하나가 아닐까. 흰떡과 쑥떡 두 종류가 있고, 당연히 나는 흰떡파지만 쑥떡도 하나 정도는 먹을 수 있다. 여기까지 읽은 분이라면 내가 흰떡파인 이유를 혹시 대강 짐작할 수 있지 않을까. 너무 잘 만든 쑥떡에는 쑥이 그대로 들어간 경우가 있어서 또 그걸 씹기가 어렵기 때문이다. 아무튼 절편의 좋은 점은 식감을 알리는 자국이 보기 좋게 찍혀 있다는 점이다. 조금

누른 모양만 보았을 뿐인데도 씹기 직전의 사람이
되어 내 마음은 온통 두근두근 흔들린다.

요즘은 하나하나 떡판을 찍지 않고 떡을 뽑는
기계 자체에 무늬를 내는 기능이 함께 있어서 떡이
생산됨과 동시에 절편의 무늬가 태어난다. 대체로
일정한 직선 무늬가 찍히고, 나는 이 무늬 또한 좋아
한다.

앙꼬절편 생각을 떨칠 수 없게 된 건 우연히 본
떡집의 앙꼬절편 때문이었다. 실제로 본 건 아니었
고, 앙꼬절편을 만드는 과정 하나하나가 고스란히
담긴 영상이었다. 또 이런 걸 마냥 틀어놓고 옆으로
누워서는 귀한 저녁시간을 맛있게 으깨고 있었다.

떡 기계에 팥과 갓 찐 떡을 넣으면 가래떡 모양
으로 떡이 나온다. 막 나온 가래떡의 시작점에는 팥
소가 살짝 보인다. 떡을 잘라보면 팥소를 적절하게
머금고 있다. 사실 갓 나온 떡을 그대로 받아 먹고
싶을 만큼 이 과정의 떡에 마음이 벌써 요동쳤다. 팥
소를 머금은 가래떡을 작업대에 길게 늘어트린 다
음 참기름을 골고루 발라준다. 작업대 위의 떡이 마

치 살아 있는 것처럼 아무렇게나 미끌미끌거린다. 그 위에 일정한 간격으로 떡살을 눌러 찍는다. 팥소가 들어 있어서 묘하게 불투명한 갈색빛이 올라오는 흰떡에 기운차게 떡살을 눌러 무늬를 낸다. 꾸욱 눌러지는 떡을 보면, 아무리 떡을 싫어하는 사람도 한 입 먹고 싶은 충동을 이기기 어렵지 않을까. 실제로는 몇 개만 집어 먹고 배불러할 거면서 꾸욱 꾸욱 시원하게 무늬가 만들어지는 절편을 보고 있으면 금방이라도 한 줄쯤은 거뜬히 다 먹을 수 있을 것처럼 배가 고프다. 떡살로 무늬를 낸 후 무늬와 무늬 사이를 시원하게 잘라주면 앙꼬절편이 완성된다. 마치 이빨 자국 같은 무늬가 찍혀서 식감이 잘도 상상된다. 그렇게 며칠 동안 앙꼬절편의 식감이 공기처럼 입안에 내내 머금어졌다.

집과 작업실을 오고 가는 매일매일 비슷한 삶을 살면서 마음에 드는 떡 하나 사기가 은근히 쉽지 않다. 우선 그런 떡을 동네 어딘가에서 팔아야 하고, 나는 현금이 있어야만 한다. 겨울철에는 가슴속에 현금 4만 원 정도를 가지고 다녀야 마음이 편하기 때문에 후자의 조건은 쉽게 갖춰진다. 그렇다면 동네에서 앙꼬절편을 만나야 한다는 건데, 떡은 좀처럼 인터넷으로 사지 않고 한번 냉동실에 들어간 떡은 쉽게 잊고 마는 나는 우연히 앙꼬절편을 만나기만 기대하며 지낼 뿐이었다.

그맘때 떠오른 기가 막힌 아이디어 하나. 먹는 데에 치중된 깜냥은 먹으면 먹을수록 쌓이기 바빴다. 앙꼬절편은 팥소가 들어 있고 양쪽이 트인 떡이다. 즉 벌리기 쉬운 떡이라는 말이다. 그 생각이 드는 순간 앙꼬절편 안에 딸기를 넣고 싶어 안달이 났다. 제멋대로 떠오른 생각 하나에 혼자 놀라 이마에 손을 갖다 댔다. 쉬운 행복을 발견하면 심각해진다. 당장 이 쉬운 행복을 손에 넣고 싶어서 마음이 절박해진다.

쉽게 딸기 모치라고 불리는, '이치고 다이후쿠'라는 이름의 떡을 좋아하는 건 나에겐 당연한 일이었다. 평소 제철 과일을 챙겨 먹어야만 하루를 살아낼 힘이 채워지는 나에게 겨울은 매일 딸기를 만나는 계절이었고, 그 딸기 한 알을 기분 좋게 씹을 수 있는 떡은 눈을 지그시 감게 만드는 행복이었다. 동네에서 만나기로는 앙꼬절편보다 더 어려운 이 떡을, 어쩌면 쉽게 손에 넣을지도 모른다니.

　우리 동네에는 오래된 마트와 오래된 떡집이 마주 보고 있는 골목이 있다. 이 두 가게는 서로에게 오래된 이웃으로, 이 앞을 지나가기만 하면 두 가게 주인분들의 대화가 라디오처럼 상시 들린다. 쌀집과 떡집을 함께 하는 떡집이라 마트에서는 쌀을 팔지 않는다.

　여느 때처럼 마트에서 딸기 한 팩을 사서 떡집을 기웃거리는데 평상시에는 보이지 않던 떡이 있었다. 오늘 막 나온 앙꼬절편이었다. 한 손에는 딸기, 눈앞에는 앙꼬절편. 꿈에만 그리던 떡을 내 손으로 만들기까지는 집으로 가는 길만이 남아 있었다. 앙꼬절편 2,000원. 이제 막 뽑아져 나온 가래떡도 두 줄 달라고 호기롭게 말하고는 떡을 받아 들자마자 집까지 내달렸다. 이럴 때면 아무리 나이가 들었어도 여전히 개구진 웃음이 절로 나온다.

　집에 도착하자마자 후다닥 손을 씻고 부엌에 섰다. 꽃 모양이 예쁘게 찍힌 앙꼬절편 하나를 틈새를

벌리니 그게 또 벌려졌다. 큼지막한 딸기 하나 얼른 씻어서 물기를 닦은 후 앙꼬절편 사이에 넣어보니 그게 또 넣어졌다. 딸기를 넣을수록 팥소는 조금씩 안으로 밀렸지만 상관없었다. 그리고 가장 중요한 과정이 남았다. 반으로 자른 단면을 눈으로 먼저 맛보기. 맛있기도 전에 재미있는 순간. 얇은 흰떡 가장자리와 얇은 팥소의 띠 안에 딸기 한 알이 꽉 채워진 모습이 드러났다. 머릿속으로만 꿈꾸던 것이 실제로 만들어지다니. 나는 혼자 부엌에 서서 그 겨울 가장 무구한 웃음을 지었다.

부드러운 팥소와 말랑말랑한 떡, 거기에 더해진 달콤한 딸기는 남부럽지 않은 맛이 난다. 그냥 딸기 하나만 먹을 때보다도 딸기가 가진 수분이 입안 가득 채워진다. 찐득찐득한 떡은 찐득찐득하게 내버려둔 채로, 딸기의 당도에 손을 내미는 팥소는 딸기 뒤에 서서 같이 걸어온다. 크게 한입 넣고 씹으면서 다음 앙꼬절편 안에 딸기를 넣다 보면 이 겨울이 조금씩 좋아진다.

그해 여름에는 지난 번아웃의 여파로 하루하루

를 겨우 버티며 지냈다. 번아웃을 겪은 후, 마음과 몸의 맑은 에너지가 완전히 소진되어 툭하면 마른 세수를 해댔다. 해야 하는 일을 가까스로 매듭지은 후에 도착한 늦가을에는 절로 단순한 마음이 되었다. 단조롭고 편안한 하루하루를 보내자.

나에게 겨울은 그런 계절이 되었다. 마치 겨울마다 처음부터 다시 시작하듯이. 먹고 싶은 떡 이름을 며칠째 흥얼거리고, 노래방에 가서 속을 뻥 뚫고, 만화책을 보며 맥주를 마시고, 영화를 보며 아이처럼 울기도 하면서. 앙꼬절편 안에 딸기를 넣으며 배시시 웃고 그 이야기로 긴 일기를 쓰면서. 제대로 쉬는 일과로 채워진 겨울을 보낸 다음 다가온 봄에는 후련하게 비워진 내 마음이 시원했다.

앙꼬절편에 처음으로 딸기를 넣었던 겨울을 지나 또 한 번 1년을 살아내고 다시 겨울을 만났다. 한 해의 마지막 날, 우리 집에 모인 친구들에게 이 맛을 선사하고 싶었다. 이번엔 앙꼬절편이 아닌 찹쌀떡과 딸기 조합으로. 이거야말로 딸기 모치, 이치고 다이후쿠와 비슷한 맛이니까. 2,000원짜리 찹쌀떡 두 팩과 큼지막한 딸기 한 팩을 테이블에 올려두고 먹는 방법을 설명했더니 "천재!"라는 소리를 들었다. 일평생 먹는 일 앞에서만 듣는 이 천재 소리. 정말이지 지겹지도 않다.

딸기가 들어갈 정도만 찹쌀떡을 벌리고는 팥소를 양쪽으로 적당히 보낸 후에 딸기를 쭈욱 집어넣는다. 딸기를 넣느라 벌어진 떡 부분은 대충 오물오물 붙여주면 붙는다. 오늘 나온 떡이라서 가능하다. 떡은 서로가 서로에게 풀 역할을 하기에 잘만 만들면 안에 딸기가 있는지 아무도 모르게도 가능하다. 역시 가장 중요한 순서는 각자 딸기를 넣은 찹쌀떡을 잘라서 자랑하기. 누가 더 잘 넣었는지는 단면을 보면 금세 알 수 있다. 매번 혼자 부엌에 서서 만들던 걸 다 같이 만드니 어찌나 즐겁던지.

"됐어. 이걸 꼭 같이 해보고 싶었어!"

단면을 잘라 반은 입에 넣고 반은 바라보며 개운하고 후련하게 "됐어."를 말하고 몸에 힘을 풀었다. 여전히 찹쌀떡에 딸기를 넣느라 집중하고 있는 친구들의 툭 튀어나온 입을 보니 웃음이 나왔다. 각자 자기 떡을 자랑한다고 얼굴 가까이에 들어 올린 친구들은 모두 나와 비슷한 표정을 지었을 것이 분명하다.

　　연말에는 내가 아는 쉬운 행복을 나누고 싶다. 그리고 주변의 소중한 사람들의 쉬운 미소를 마주하고 싶다. 쉬운 수고로 맛있는 한입을 나누고 싶다. 앙꼬절편에 혹은 찹쌀떡에 손수 딸기를 넣어 먹기. 대단히 만만한 방법으로 내 입이 원하는 한입을 만들어내기. 나의 연말 행사이자, 한 해를 보내는 인사이다.

호두 없는 호두과자

붕어빵의 좋은 점이라면 붕어빵이라는 대단한 이름을 내걸면서도 붕어 살은커녕 붕어 맛이 요만큼도 나지 않는다는 점이다. 이 점을 생각하면 걷다가도 갑자기 서서는 느린 박수를 치고 싶을 정도다. 호두과자를 만날 때마다 붕어빵의 좋은 점을 떠올리게 된다. 호두과자의 좋은 점과 붕어빵의 좋은 점은 전혀 다르지만, 호두과자에 든 호두를 질겅질겅 씹고 있자면 붕어빵의 붕어 없음이 얼마나 고마운지를 격하게 느낀다.

친구가 사 온 호두과자를 먹으며 호두를 씹었다. 참으로 호두가 든 과자로구나. 친구에게 물었다. "호두과자에 호두가 들어 있는 거 어떻게 생각해요?" 친구는 답했다. "너무 좋아요!" 그 해맑음에 나는 조금 놀라버렸다. 게다가 "호두과자에 호두가 없으면 좀 섭섭해요."라고까지. 모여 있던 네 명 중에 둘은 호두가 있는 호두과자를 좋아했고, 나 포함 두 명은 호두가 없는 호두과자 쪽이었다. 같은 음식을 얼마나 다르게 즐기며 살고 있는지를, 하등 쓸데없어 보이는 질문으로 알게 된다. 물어보지 않았다면 같은 호두과자를 씹으며 한쪽은 '호두 부분 빨리

먹어치워야지…. 으휴.' 하고 또 한쪽은 '호두다~ 호
두~' 한다는 걸 영영 몰랐겠지. 이런 것쯤 몰라도 서
로를 계속 좋아할 순 있지만, 호두가 착실하게 든 호
두과자를 만나면 나는 친구의 웃음을 먼저 그려보게
되었다.

　휴게소를 지날 일이 생기면 집에서부터 호두과
자 한 봉지를 그린다. 내가 도착한 순간에 호두과자
는 얼마나 만들어져 있을까. 누가 다 사 가서 한 알
도 남아 있지 않다면 오히려 만드는 장면을 보게 될
테니 좋지 않을까. 그 휴게소의 호두과자는 호두 있
는 호두과자일까, 호두 없는 호두과자일까. 따끈할
때 다 먹어치울 수 있게 3,000원어치만 살까, 넉넉
하게 5,000원어치를 살까. 또 무리 중에서 나만 호
두과자를 사겠지. 그러면 하나씩 나눠줘야지. 또 달
라는 친구도 분명 있을 테니까 최소 5,000원이다.
　실시간으로 망상을 하며 당장의 현실을 저벅저
벅 걸어가는 나는 일상에 '휴게소'라는 단어 하나만
던져져도 머릿속이 바쁘다. 휴게소에서 만났던 호두
과자에 대한 기억들이 그만큼 좋았다는 걸 뜻하기도

한다. 동네에도 호두과자를 파는 가게가 곳곳에 있지만, 휴게소의 호두과자와는 장르가 아예 다르다. 휴게소의 호두과자는 적당히 기름지면서도 얇고 파삭하고 몰랑한 데다가 심할 정도로 뜨겁다. 반면 동네의 호두과자는 보송보송하고 따뜻한 느낌이랄까. 한 알 한 알 자기주장이 강한 건 역시 휴게소 호두과자인 것 같다. 휴게소마다 호두과자의 느낌이 조금씩 다른 것도 매력적이고.

호두과자에 호두가 들어 있는 건 사실 당연하다. 호두 그리고 과자, 즉 호두가 든 간식거리를 뜻하니까. 호두 모양을 하고 원조 호두과자로 불리는 천안의 모 호도과자에도 호두가 아낌없이 들어 있기로 유명하다. 호'두'과자가 아니라 호'도'과자라는 명칭에서 원조의 품위가 느껴진다. (호도는 호두의 한자어로, 호도과자를 쓰는 상호는 단 한 곳뿐이다.) 호두과자만큼 호두 농가의 소득을 지켜낸 먹거리가 또 있을까. 호두과자는 천안 특산물인 호두를 알리는 한 봉지의 맛있는 전단지로 만들어진 게 아닐까. 명절이면 귀성길 차로 꽉 막힌 도로에서 운전하면서도 먹기 딱 좋은 모양의 간식을 호두 모양에 호두를 넣어 만들었다는 점에서 말이다. 언제 도착할지 모르는 길 위에서 호두가 든 간식은 끼니 대용으로 과연 좋은 친구다. 이제는 교통체증이 그렇게까지 심하진 않지만, 아무리 막혀도 가기로 했다면 기어코 출발해버리는 시대가 있었던 덕분에 휴게소의 먹거리는 여전히 전통을 이어가고 있다.

그렇게 생각하면 호두과자의 호두 부분은 견디면서 먹을 수 있다. 호두를 선전함에 있어서 한 입 또 한 입 넣기 좋은 맛 좋은 과자만큼 훌륭한 수단은 또 없다고, 나는 호두 부분을 참아내며 생각한다. 호두과자의 호두 부분을 씹다 보면 이런 생각까지 할 만큼 아득해진다. 호두과자를 먹는 도중에 시간이 느리게 흐르는 듯한 기분마저 들 정도로.

그러나 솔직히 호두과자를 떠올리면 파삭한 호두 모양의 겉모습과 함께 입천장을 홀라당 데일 것 같은 뜨거운 팥소가 먼저 생각나지 않는지. 호두를 알리고는 싶지만 호두만으로는 친숙한 맛을 내기가 어려웠을 테니 팥소를 아낌없이 넣은 게 아닐까. 마치 브로콜리를 안 먹는 아이에게 브로콜리를 잘게

다져 넣은 카레를 브로콜리 모양 접시에 담아주는 것처럼. 붕어빵에 붕어를 넣으면 돈은 돈대로 들고 욕도 먹지만, 호두과자에 호두를 안 넣으면 돈을 낸 걸 아까워하는 사람이 있다는 점에서 호두는 반드시 들어가야만 했을 것이다. 가평에서는 호두 대신 잣이 들어가는데 나는 이쪽을 조금 더 선호한다. 잣을 좋아하는 것도 아니고 그렇다고 호두를 싫어하는 것도 아니지만, 적어도 팥이 든 걸 먹을 땐 입을 좀 쉬고 싶은 사람이라서 그렇다. 꼭 한 번은 열심히 씹어야 한다니. 내게 호두과자는 결코 긴장의 끈을 놓을 수 없는, 그런 간식으로 존재한다.

호두과자를 먹을 때면 일단 겉을 대충 만져본다. 호두과자의 맛있음은 손끝에서 시작된다. 기름진데 기름은 묻지 않는 파삭함을 느끼다 보면 씹기도 전에 이미 맛있어진다. 바삭하다고 하기엔 좀 아쉽고 파삭하다고까지 말해야 만족스럽다. 그리고 그렇게 만져봐야 하는 가장 중요한 이유는 호두가 어디쯤에 들어 있는지를 확인하기 위해서다. 대충 여기다 싶으면 그 부분을 먼저 살짝만 깨물어 먹는다. 호두를 재빨리 먹어치운 다음에 나머지 부드러운 부분을 마음 편히 먹기 위해서. 호두과자 한 알을 통째로 입에 넣어버리면 딱딱한 호두를 처리하느라 정작 팥소는 애석하게도 나 몰래 목구멍으로 홀라당 넘어가버린다.

호두가 있는 호두과자를 먹을 때면 드는 양가적인 마음. '으휴 귀찮아.' 하면서도 '호두 파이팅!' 하고 중얼거린다.

버터 없는 앙버터 1

동네 빵집에서 앙버터를 만난 건 언제부터였을까. 다 큰 어른이 된 후 처음 봤으니 앙버터와의 만남도 그리 오래된 건 아니구나 싶다. 앙버터를 처음 마주했던 순간 내 기분은 미묘해졌다. '입에 넣고 싶다.'와 '입에 넣을 수 있을까.' 하는 두 마음이 사이좋게 아무도 나서지 않고 가만히 앉아만 있었다. 의견은 있지만 주장하지 않는 꼴이라니. 어이, 누구라도 좀 의견을 내보라고.

앙과 버터 사이에서 갈팡질팡하던 내 마음을 그나마 진정시켜준 건 바게트였다. 제가 있잖아요. 당신이 좋아하는 딱딱하고 쫄깃한 식사빵. 어떤 것과도 대체로 잘 어울리는 바로 나 바게트. 만약 앙버터를 샌드한 빵이 치아바타나 식빵이었다면 생각이 더 길어지지 않았을까. 대부분의 앙버터 빵이 바게트여서 얼마나 다행인지 모른다.

앙버터에 들어가는 팥소는 대체로 곱다. 고운데다가 묵직하다. 그게 버터의 풍미와 어울리기 때문이라는 듯이 그렇게 고울 수가 없다. 게다가 팥소만 퍼먹고 싶을 정도로 적당히 달다. 가게마다 앙버터에 들어가는 버터의 양은 다르지만 대체로 버터가 두꺼우면 두꺼울수록 호응이 좋다. 버터를 두껍게 넣은 앙버터가 박수를 받기 마땅하다는 건 머리로는 충분히 이해하지만, 나는 버터가 있어야 한다면 가급적 아주 얇게 들어가주길 희망한다. 맛있게 먹을 줄 모르는 나의 마음에 쏙 들어오는 앙버터를 만나기에 이 세상은 버터가 점점 두꺼워지는 쪽으로만 나아가고 있었다.

어느 모임 자리에서 앙버터를 만난 적이 있다. 한입에 넣기 좋게 잘라져 있던 앙버터는, 그 단면이 박력 있게 다가왔다. 팥소와 버터의 두께가 자로 잰 듯이 일정했다. 왜 이런 걸 볼 때면 팥은 조용한 듯 보이는데 버터만 잘난 척하는 것 같을까. 알겠으니까 좀 녹아줬으면 좋겠다는 마음까지 든다. 이런 자리에서는 나의 나쁜 버릇을 드러낼 수 없으므로 용기를 갖고 한입에 넣었다. 안 먹으면 그만이지만 이참에 한번 겪어보고 싶기도 했다. 팥소와 버터가 동일한 지분을 갖고 있는 앙버터를 왜 그렇게 다들 좋아하는지.

나의 나쁜 버릇이란, 집에서 혼자 앙버터를 먹

을 때 버터를 **빼는** 버릇을 말한다. (세상 모든 앙버터 만드는 분들과 앙버터에 들어가는 버터를 두껍게 썰고 계신 분들께 깊은 사과를 전합니다.) 그렇게까지 생각할 필요는 없지만 나는 스스로를 꽤나 촌스러운 사람이라고 여긴다. 특히 두꺼운 버터를 깨물기 어려워하는 나를 볼 때 더욱 그렇다. 치즈나 크림이 왕창 들어간 파스타를 깨작거릴 때도 그렇고, 생크림 듬뿍 들어간 케이크에서 빵 부분만 골라 먹을 때도 그렇다. 나에게 버터는 깨물거나 씹어 먹는 음식이 아니라 잔뜩 녹여서 요리에 풍미를 더하는 재료에 불과하다. 그렇게밖에 생각할 수 없다는 게 스스로도 유감이지만, 입에 넣고 말고 하는 문제는 억지로 되는 것이 아니었다.

따져보면 두툼한 식빵을 버터에 구워 먹은 지도 얼마 되지 않았다. 엄마는 오래전부터 큰 프라이팬에 버터를 넉넉하게 녹여 식빵 두 장을 앞뒤로 구워 먹는 걸 좋아하셨다. 한 장은 아쉬우니까 꼭 두 장이었다. 어린 내가 보기에 그 토스트는 바삭하기는커녕 축축해 보일 정도였다. 커가면서 여행도 다녀보고 여러 카페들도 다녀보고 또 혼자 식빵을 구워보고 나서야 알았다. 엄마, 적당히 구울 수도 있잖아요…. 하지만 엄마에게는 그만큼의 버터가 들어가야만 맛있고 그게 적당한 맛이었겠지. 그렇게 축축하게 구운 토스트가 완성되면 엄마는 나에게 먹어보라고 꼭 한 번은 권했다. 그런 엄마를 향해 두 손을 사용해 필사적으로 입을 막아 보이며 절대 안 먹고 싶다는 마음을 표현하던 나. 엄마는 이렇게 맛있는 것도 모른다며 나를 안타까워했다. 접시를 들고 룰루랄라 티브이 앞으로 신나게 걸어가는 엄마를 보는 것만으로도 이미 충분히 배부른 기분이 들었다.

그래서 많은 사람들 앞에서 먹어본 앙버터의 맛이 어땠냐면, 버터가 있는 맛이었다. 버터를 두껍게 썰어 넣었고 그게 그대로 있는 맛. 응당 앙버터의 맛이었다. 미끌미끌거리는 버터를 씹을 때마다 마음이 조금 힘들었지만 그걸 잡아준 건 역시 바게트였다. 맛만 따지면 어울린다고 할 수도 있다. 머리로는 이해하겠는데 두꺼운 버터를 먹어야 하는 이유는 영원히 찾지 못하는 불쌍한 나….

버터를 뺄 거면 뭐 하러 앙버터를 사냐고 물을

수 있을 것 같다. 하지만 바게트 속에 팥소만 넣어 파는 빵집은 아직 찾지 못했다. 그런 빵이 있다면 기꺼이 즐겁게 사 먹지 않을까. 바게트와 팥소는 꽤 어울리는 짝꿍이기 때문에. 그렇다고 아침 일찍 단골 빵집에 미리 전화를 걸어서 "오늘 앙버터 몇 시에 나오나요? 혹시 딱 하나만 버터를 빼고 만들어주실 수 있나요? 네, 앙으로만 하나요." 하고 개인 주문을 넣을 정도까지는 아니니까.

그렇다면 여러분은 내가 뺀 버터를 아까워할 게 뻔하다. 걱정하지 않아도 되는 게, 버터를 뺄 뿐이지 빼서 버리지는 않는다. 그 버터는 따로 보관해놨다가 버터가 필요한 날에 요리 재료로 쓴다. 기왕이면 빠른 시일 안에.

앙버터를 먹기 전에는 우선 윗부분의 바게트 뚜껑 부분을 들어 한쪽에 둔다. 팥소를 끌어안고 있는 버터 부분을 최대한 살며시 조심스럽게 떼어낸 후에 지퍼팩이나 작은 밀폐용기에 덜어둔다. 그렇게 해도 버터에는 어쩔 수 없이 팥소가 조금 달라붙어 있는데 그 부분만 긁어서 바게트 안쪽에 바른다. 그리고 다시 바게트 뚜껑을 팥소 위에 올린 후에 먹는다. 버터 없는 앙버터! 풍미 빠진 앙바게트 완성! 이제야 마음 편히 크게 베어 문다.

그렇게만 생각하고 살다가 한 방 맞은 듯한 장면을 마주했다. 6월의 한복판, 봄에서 멀어질 대로 멀어져서 이젠 어쩔 수 없다는 듯이 무더위가 기승을 부리던 한낮이었다. 점심으로 차가운 국수를 먹으러 가는 도중 단골 빵집을 지났다. 그 야외 테이블에서 한 손님이 아이스 아메리카노 같은 시원한 음료 하나 없이 앙버터를 먹고 있었다.

이 더위에 밖에서 무려 앙버터를 먹다니. 음료는커녕 다른 빵도 없이 오로지 앙버터 하나만을. 나는 걷던 속도를 조금 늦추면서 그의 두 손에 들린 앙버터를 자세히 바라봤다. 더운 기분이 한층 더 더워지면서 오늘 가장 안 어울리는 음식이 있다면 바로 저것이 아닐까 싶던 순간, 아니 이거다 싶었다. 어쩌면 앙버터는 이렇게 더운 날 밖에서 먹어야 마땅한 빵은 아닐까. 가만히 있기만 해도 땀이 줄줄 흐를 것 같은 이런 날씨에 먹어야 맛있는 빵일지도 모르겠다고. 버터가 녹고 있잖아! 아니, 버터를 녹이며 먹고 있잖아!

앙버터를 사면 집에 오는 동안에 버터가 어느 정도는 반드시 녹아 있어서 떼어내기가 어렵기만 했는데, 어쩌면 녹으면 녹을수록 앙버터가 완성되는 걸까. 버터를 씹기 무서워하는 나에겐 과연 절로 눈이 커지는 발견이었다. 빵집 앞에서 땡볕을 반찬 삼아 먹는다면야 버터는 팥과 바게트에게 한층 더 어울리는 친구가 될지도 모르겠다고. 이 집 바게트 맛있는데. 앙버터 바게트도 도전해봐야겠다고 생각하면서 다시 차디찬 국수를 향해 발걸음을 옮겼다.

깨달은 바가 있다고 해서 바로 그렇게 실행하기는 쉽지 않다. 머리로는 알겠는데 입은 도무지 열리지 않는다. 가장 최근에 먹은 앙버터 또한 잠시 냉장고에 넣어둔 후에 버터를 빼서 먹었다. 내 작은 손에 쏙 들어오는 귀여운 앙버터였다. 앙버터치고는 작은 사이즈가 퍽 마음에 들었다. 앙증맞은 바게트 안에는 내가 딱 좋아하는 느낌의 팥소가 담뿍 들어 있었다. 버터는 두껍긴 했지만 팥소보다는 얇았다. 당연히 좋은 버터를 넣었을 게 분명했다. 팥소보다 얇다는 말이지 버터치고는 또 두꺼워서 그걸 빼느라 애를 좀 먹었다. 여전히 앙버터를 먹은 날에는 반드시 냉장고 한편에 두툼한 버터 한 덩이가 생긴다.

그 버터를 가장 유용하게 쓰는 방법은 이러하다. 바게트가 아닌 바삭하게 갓 구운 식빵 위에 버터와 팥잼을 올려 먹는다. 두툼한 식빵에 십자 모양으로 칼집을 내서 구운 후 버터를 올려 살짝만 더 구우면 버터는 '이젠 안녕.' 하며 고요하게 녹는다. 버터를 순전히 녹여 먹을 용도로 얹으면 녹은 버터는 두툼한 식빵과 사이좋게 하나가 된다. 그 위에 팥잼을 두둑하게 올리면 아무리 잠이 덜 깬 아침이라도 사진을 찍지 않을 도리가 없다. 다 녹은 버터 위에 팥잼을 펴 발라서 한입 깨무는 순간, 우리집 식빵이 이렇게 황홀했었나 싶다. 내가 참을 수 있는 버터의 부드러움은 빵과 팥에게 충분한 풍미를 더해준다. 나는 앙버터를 이상하게 먹는 사람이자, 앙과 버터를 둘 다 사랑하는 궁극의 방법을 아는 사람.

버터 없는 앙버터 2

오랜만에 만난 친구와 동네 카페에서 수다를 떠는데 그날따라 마감 시간이 앞당겨져서 금방 나와야 했다. 조금 이르지만 저녁을 먹기로 하고 20분 정도 거리의 식당까지 대화를 나누며 걸었다. 도착해서도 할 말을 편안하게 늘어놓느라 우리의 숟가락질은 번번이 느려졌다. 친구의 말이 길어질 때면 집중해서 들으려고 밥 한 숟가락 크게 입에 넣고는 오물거리는 입을 내버려둔 채 친구의 얼굴을 천천히 바라보았다. 아무리 친하고 너무나 좋아하는 사람도 오랜만에 만나면 눈을 마주치는 첫 순간엔 다소 긴장감이 감돈다. 아마도 친한 사이라는 것보다 너무나 좋아하는 사람이라는 사실이 내 안에 더욱이 진하게 쓰여 있기 때문일지도 모른다. 나는 사실 이런 종류의 긴장감을 조금 좋아하는 편이다.

식당을 나와 집 방향으로 가려면 곧장 헤어져야 하지만 친구의 말을 더 듣고 싶었다. 나는 상대의 말을 충분히 듣고 난 후에야 하고 싶은 말이 떠오르는 편이다. 그렇게 친구와 다시 20분가량을 집 반대 방향으로 나란히 걷다가 헤어지기 직전에 최근 가장 속상했던 일화 하나를 꺼냈다. 어쩌면 최근 내 인생의 가장 맛없을 부분. 친구의 표정과 반응에 그 부분은 보란 듯이 반짝 도려내졌다. 이제 이 일로 속상해 하지 말아야겠다고 생각하자마자 진짜로 더 이상 속이 상하지 않았다. 아마도 그 일은 내 입을 통해 저 멀리 날아간 듯했다.

횡단보도를 건너는 친구의 뒷모습을 바라보며 조금 흐리게 웃었다. 오늘 이야기를 나눠서 참 좋았다. 다음에 만나면 다시 조금 설레서 또 긴장해버리겠지. 친구의 모습이 저 멀리 일렁이듯 흐려졌고, 나는 멀어진 집을 향해 걸었다.

동네 골목의 식당들에는 손님이 몇 없었다. 밥을 먹기엔 늦었고, 술을 마시다가 2차를 가기에는 좋은 시간이었다. 괜찮은 술집이 열려 있다면 생맥주 한잔하고 들어가고 싶었지만 나는 알고 있었다. 우리 동네에는 혼자 술을 마시기 좋은 술집이 영 없다. 비싼 안주들만 있는 가게는 혼자 오는 손님을 반기지 않는다. 그런 생각을 하며 밤길에 듣기 좋은 노래를 귀에 꽂고 동네를 유심히 살피며 걷는데 아직 환한 빛을 내고 있는 모퉁이 빵집이 눈에 들어왔다.

이 시간까지 열려 있구나. 곁눈으로 흘끔 보는 데 아직 빵들이 남아 있었다. 나는 지금 생맥주를 마시고 싶은 게 아니라 어디든 좋으니 괜히 들렀다가 집에 가고 싶은 건 아닐까 싶어졌다. 그렇다면? 무작정 빵집에 들어가야지. 아침 혹은 점심을 먹고 작업실로 복귀할 때 주로 들르는 빵집이었다.

늦은 저녁이라 마음이 여유로워서인지 빵을 고르는 마음이 느려지면서 덩달아 다음 날의 빵을 그리는 것도 더뎌졌다. 원하는 빵을 고르면 알려달라는 직원분의 말에 대답할 타이밍도 놓쳐서 어물쩍거리고 있는데 '호밀 앙버터'라고 적힌 이름표가 보였다. 그 밑에 적힌 '우리 밀, 저당 팥'이라는 정보와 함께. 그런데 정작 진열대에는 앙버터는 보이지 않고 아무것도 발리지 않은 호밀빵만 덩그러니 있는 것이었다. 평소 진열대에 놓인 빵에만 이름표를 적어두는 빵집인데 이게 무슨 일인가 싶어, 조금 전에 대답하지 못한 것에 늦은 반응을 하듯 멋쩍게 웃으며 여쭤보았다.

"앙버터는 다 팔렸나요?"

"아니요. 바로 만들 수 있어요. 하나 드릴까요?"

나는 네! 하고 대답하며 마저 방긋 웃었다. 왠지 생맥주 한 잔을 주문한 것처럼 씩씩한 기운이 감돌았다. 직원분은 진열대에 딱 하나 남은 호밀빵을 얼른 집어서 작업대로 가져가서는 반을 갈랐다. 그리고 작업대 아래 냉장고에서 팥소가 담긴 통과 버터가 담긴 통 두 개를 꺼내 작업대 위에 올려두었다. 버터가 든 통을 유심히 보니 아직 썰리지 않은 버터가 통으로 들어 있었다. 대충 흐리게 웃고 있던 눈이 바쁘게 깜빡거렸다. 버터가 아직 들어가지 않은 앙버터, 집에 가면 뺄 버터. 이 문장이 눈이 깜빡거리는 속도에 맞춰서 빠르게 반복되었다. 아직 버터, 뺄 버터, 아직 버터, 뺄 버터.

이 빵집의 앙버터를 몇 번 먹어본 적이 있다. 반으로 가른 두 개의 빵 양쪽에 모두 팥소를 바르고 버터는 그 사이에 샌드하는 타입이었다. 버터는 그렇게 많이 들어가진 않지만 빼내기 어려운 앙버터였다. 그 순간 나는 내 성격이라는 질긴 종이가 있다면 그걸 내 손으로 쥐어뜯어버리고는 튀어나가듯이 말해버렸다. 친구 앞에서는 느리게 열리던 입이 빵집에서는 내 손으로 막지 못할 정도로 빨랐다.

"저기요! 그 앙버터에 버터는 빼고 팥만 넣어서 주실 수 있을까요?"

팥소를 열심히 푸던 직원분은 이게 대체 무슨 소리야? 하는 눈빛으로 나를 쳐다봤다. 앙버터에서 버터를 빼달라니? 자기 입으로 앙버터라고 말해놓고 뭘 빼라고? 그런 표정을 하기 충분했다. 나는 다시 한번 최대한 예의를 갖추고 요청했다. 아직 버터를 넣기 전이니, 그 버터를 넣지 말아주실 수 있냐며.

"버터를? 넣지 말라고요?"

"네…."

"그러면 맛이 없을 텐데요."

"…제가 팥을 너무 좋아해서요."

"그러면 팥을 아주 많이, 버터는 조금만 넣어드릴까요?"

"팥만 넣어서 한번 먹어보고 싶어서요. 정말 죄송합니다…."

나도 모르게 튀어나온 한마디. 맛있으려 애쓰는 세상에서 맛없게 부탁하는 사람이 되자 사과가 절로 나왔다. 집에 가면 어차피 그 버터는 뺄 거라는 말은 차마 하지 못했다. 그건 빵집에 대한 예의가 아니므로. 물론 집에 가서 몰래 빼고 먹는 것도 예의는 아니겠지만.

"그럼, 팥 많이 넣어드릴까요?"

그냥 평소의 팥 양으로도 충분하다고 대답했다. 팥소를 양껏 퍼서 바르던 직원분은 처음엔 갸우뚱하더니 이내 실실거렸고 나도 비슷한 웃음이 지어졌다. 두껍게 발린 팥소를 보여주며 너무 많냐고 물어보는 얼굴에는 빵집에 들어올 때는 보이지 않던 마음이 담겨 있었다. 수줍은 듯이 적당히 담아달라는 내 말에 팥소를 한 번 더 퍼서 펴 발랐다. 그만 웃음이 소리로 나와버렸다.

각자의 하루가 저물어가는 저녁, 전에 없던 앙버터라는 공통의 웃음거리. "그렇게 하면 맛이 없을 텐데요."라는 걱정과 "그렇게 한번 먹어보고 싶었어요."라는 소망과 "그럼 팥을 많이 넣어드릴까요?"라는 배려. 이 짧은 대화는 어느 술집에서 어느 생맥주로도 채워지지 않을 행복감을 주었다. 버터가 빠진 자리에 마치 이날 저녁만의 웃음이 채워진 것처럼.

"버터 뺐으니까 500원 빼드릴게요."

"아니에요. 제값 받아주세요."

나의 무리한 요청으로 뺀 버터였는데. 나는 기어이 버터만큼 빠진 빵값을 지불해야만 했다. "정말 감사합니다." 하고 인사하며 빵집을 나오자마자 손으로 입을 막고 웃었다. 엄청나게 웃긴 빵을 사서 나온 사람처럼. 일순간 오늘 하루가 그려졌다. 동네를 크게 돌아 걷고 걷던 길들이 버터 없는 앙버터를 향해 점선처럼 이어진 것만 같았다. 늦은 시간의 빵집은 '심야식당' 같은 존재가 되기도 한다는 사실 하나를 알게 된 날이었다.

집까지 빠른 걸음으로 걸었다. 씻고 나온 후에 따뜻한 차를 우리면서 앙버터 아니, 버터가 없는 앙호밀빵을 꺼냈다. 호밀빵 사이에는 두꺼운 저당 팥소가 곱디곱게 들어차 있었다. 팥소가 잘 보이도록 접시에 올려놓고 사진을 찍어대자 다시금 웃음이 새어 나왔지만 빵을 먹고 나서 웃으려고 꾹 참았다.

호밀빵과 팥소가 적절히 한입에 들어오도록 씹었다. 소박하게 뿜어내는 호밀빵의 달큰한 맛이 팥소와 어우러지면서 입안은 내가 원하는 단맛으로 가득해졌다. 마음이 잠잠해지는 단맛. 버터에게 미안하지만 버터가 없으니 빵의 맛이 한층 더 잘 느껴졌다. 팥만 넣으면 맛이 없을 거라고 하셨지만 내 입에는 이것이 나의 맛이었다. 세상의 많고 많은, 팥이 주인공이 되는 빵들을 떠올려보면 답이 쉽게 나온다. 내 세상 안에서만큼은 김밥에서 오이를 빼는 것처럼 앙버터에서 버터를 빼는 것이 조금 용서받기를 바랄 뿐이다. 처음에는 놀랐지만 차분히 설득해보고 이내 팥소를 담뿍 담아 먹기 좋게 썰어주신 빵집 직원분에게 감사를 전하는 마음으로 처음부터 끝까지 맛있게 먹었다.

다시 평소처럼 대낮에 찾은 빵집에는 '호밀 앙버터'라는 이름표와 함께 팥소와 버터가 알맞게 들어간 앙버터가 다소곳이 놓여 있었다. 잘 아는 동네 빵집이지만 들어설 때마다 전에 없던 설렘이 느껴지며 버터를 빼고 팥소만 담뿍 넣은 나만의 앙호밀빵이 아른거린다. 이룰 수 있던 작은 꿈처럼, 친구에게 털어놓자마자 도려내졌던 슬픔처럼. 나만 아는 행복 하나가 더해졌다.

대단한 에피소드는 없지만 사랑해

오메기떡

책을 쓰는 동안에 몇 번이나 제주행 비행기를 알아보았다. 오메기떡이 있는 나라에서 살고 있다는 생각만 하면 번번이 웅장해지던 터라 오메기떡을 직접 두 눈 가득 담은 후 오메기떡에 대해 쓰고 싶었기 때문이다. 현관 앞에서 택배 박스로 만나는 걸로는 부족하게만 느껴졌다. 딱 한 번 제주도를 여행했을 때, 모닥치기만큼 간절히 먹고 싶었던 게 오메기떡이었다. 모닥치기가 제주식 떡볶이 한상차림이라면 오메기떡은 제주식 팥 잔치가 아닐까.

오래전, 사진으로만 보던 오메기떡을 실제로 마주한 곳은 북적거리는 시장도 아니고 유명한 오메기떡집도 아닌 조용한 골목에 있는 어느 작은 가게였다. 10년도 더 넘은 여행이라 위치 정보나 가게 이름이나 간판 색 등등 기억나는 건 아무것도 없지만, 왠지 분명히 맛있을 거라는 확신이 들었던 마음만은 선명하다. 미닫이문을 열고 들어가니 아무도 없었고 가게라기보다는 오메기떡을 만드는 작업실 같았다. 내부가 어찌나 깨끗한지, 떡을 만드는 곳이라고는 느껴지지 않았다. 입구 가까이에는 오늘 막 만들어진 듯한 오메기떡이 몇 판 쌓여 있었다. 오메기떡 특유의 투박한 모습을 그대로 자랑한 채로. 그걸 보고도 그냥 나올 수 있는 사람은 아마 없지 않을까. 사진이라도 한 장 남길 수밖에 없었다. 이제는 그 사진조차도 찾기 어려워졌지만.

그렇게 얼쩡거리고 있었더니 무심하게 나타난 사장님이 오메기떡 사러 왔냐고 물으셨고, 나는 차렷 자세로 대답했다. 딱 그날 먹을 만큼만 덜렁 비닐봉지째로 건네받았던 오메기떡. 하나하나 예쁘게 낱개 포장이 되어 있지 않아서 더 마음이 갔던 건 왜일까. 동네 떡집에서 산 것처럼 한 봉지에 올망졸망 담겼다. 가게를 빠져나와 하나 입에 넣은 오메기떡은 투박한 모습 그대로 정감 가는 맛이었다. 오메기떡 가게를 그대로 꼭 빼다 박은 맛. 기왕 오메기떡을 만나기 위한 여정을 떠난다면 반드시 이 가게를 다시 가보고 싶지만 그 넓은 제주도 안에서 어찌 찾을 수 있을까.

말차 케이크

팥을 말하다 말고 갑자기 무슨 말차? 팥을 좋아하는 사람이라면 이런 질문은 하지 않을 거라는 작은 희망을 가져본다. 서울 마포구 동교동에 있는 아메노히 커피점에 가면 무조건 1인 1케이크를 해야만 한다. 셋이서 가면 케이크 셋, 둘이서 가면 케이크 둘, 혼자 가면 케이크 하나. 나는 일단 말차 케이크를 늘 우선순위에 둔다. 이곳의 모든 케이크가 맛있지만 말차 케이크에는 생크림과 함께 요만큼의 팥소가 함께 나온다.

말차 케이크를 주문했는데 왜 팥을? 팥을 좋아하는 사람이라면 또한 이런 질문도 하지 않을 것이다. 말차의 적당히 쌉싸름한 맛과 팥의 지그시 존재하는 단맛은 떼어놓을 수 없는 조화니까. 널찍하고 아름다운 접시에는 진한 녹색의 말차 케이크와 진한 붉은색의 팥소와 구름같이 하얀색의 생크림이 마치 그림처럼 보기 좋게 모여 있다. 지구의 아름다움을 색으로 표현한다면 아마 딱 이런 형상이겠지.

팥소와 생크림을 적당히 퍼서 말차 케이크와 함

께 먹으면 커피 한 모금을 단정히 기다리는 마음이 된다. 끝까지 맛있게 감당할 수 있는 말차 케이크 한 접시와 은은하게 퍼지는 고요한 커피 한 잔은 기꺼이 누리고 싶은 테이블이다. 마음과 함께 입도 흐뭇해지고 싶을 때면 먹어보자. 말차 케이크. 팥과 생크림 포함.

도라야키

도라야키를 좋아하는 사람을 보면 이 사람 좀 귀엽군 싶다. 아마 도라에몽을 좋아해서 도라야키까지 좋아하고 싶어진 게 아닐까 내 멋대로 생각해버린다. 조금 귀엽고 싶은 사람이 좋아하는 빵이라고 생각해버리는 것도 귀여운 편견일까. 하여튼 도라야키 앞에서 도라에몽을 떠올리지 않기가 힘들다는 면도 좀 귀엽지 않은지.

도라야키는 역시 눈앞에서 구워지는 걸 보고 먹어야 제일 맛있지만, 이제는 빵집에서도 도라야키라는 이름의 빵을 쉽게 볼 수 있고 여행지의 기념품으로 나오기도 해서 먹기가 쉬워졌다. 그런 도라야키를 맛있게 먹는 방법은 네 등분해서 접시에 예쁘게 담은 후에 먹는 것이다. 우선 단면이 보인다는 점에서 여러모로 흥미롭지만, 기분 면에서도 맛 면에서도 만족스러운 결과를 준다.

둥근 도라야키를 가로로 한 번 세로로 한 번 자르면 폭신한 세모 모양의 도라야키가 네 조각 생긴다. 한 조각 들어 팥소가 제일 많은 가운데 부분을 첫 입으로 먹고 가장자리 부분을 마저 먹고 나면, 다음 조각을 들어 다시 가운데 부분을 깨문다. 네 개 중 마지막 조각은 가장자리 부분을 먼저 먹고 팥이 가장 많은 가운데 부분을 마지막으로 먹는다. 처음부터 끝까지 온통 맛있게 먹기 성공. 맛있는 부분을 처음에 먹고 싶은지 마지막에 먹고 싶은지 묻는 질문에 나는 둘 다 맛있게 먹을 거라고 답하는 타입의 사람이다. 수박을 먹을 때도 세모난 모양으로 썬 수박의 가장 단 부분을 톡 잘라서 그릇에 둔다. 가장자리의 밋밋한 맛 다음에 다디단 수박 조각을 입에 넣어 마무리. 맛있게 기억해야 먹고 싶다는 생각이 내 하루에 쉽게 찾아오기 때문에.

팥찰밥

백화점 식품관에서는 기왕이면 직접 만들기 힘든 걸 사야 마음이 흡족하다. 팥찰밥은 따져보면 만들기 어렵진 않지만, 갑자기 집에서 손수 팥찰밥을 만들어야 한다고 생각하면 다소 아득해진다. 잡채를 만들려고 할 때는 들지 않는 이 아득한 마음이 어째서 팥찰밥을 만들려고 할 때 드는 걸까. 잡채야 그냥 집어 먹고 싶은 대로 열심히 썰고 볶고 간을 하면 된다. 시금치도 넣고 싶고 버섯도 넣고 싶고 파프리카도 넣고 싶고 당근도 넣고 싶어서 문제지, 하나하나 볶는 일은 결국 그걸 먹고 싶은 마음이 알아서 다 해준다.

독립한 이후 의외로 자주 해 먹는 음식이 잡채라는 것이 새삼스럽다. 먹고 싶은 마음이 너무 크면 만들게 되는데, 그래서 더 맛있다는 감동이 있었다. 잡채를 만들어 버릇한 건 먹고자 하는 잡채가 명백했기 때문이다. 이제 막 간을 한 따끈한 잡채 한 접시. 엄마와 살 때는 그 한 접시가 너무 쉽게 내 방에 도착했더랬다.

그런데 팥찰밥을 하려고 하면 찹쌀도 팥도 갑자기 낯설어진다. 팥은 한 번 끓여서 떫은맛을 제거해야 하는데 그런 과정들이 유독 나를 주저하게 만든다. 밥통에 불린 찹쌀과 잘 삶은 팥을 부어서 취사 버튼을 누르기만 하면 되는데 과연 밥이 잘될까 하는 걱정부터 앞선다.

팥찰밥은 갓 지은 걸 먹어본 적이 없어서 그런지 식품관에서 딱 오늘 저녁에 먹을 만큼만 조금씩 파는 게 훨씬 더 맛있어 보인다. 남은 밥을 어찌할까 걱정도 없고, 팥찰밥의 쫀득하고 차진 식감은 오늘 한 끼로 충분하다는 마음도 채워준다. 하여튼 아직은 팥찰밥을 스스로 만들기는 도통 귀찮다는 말을 이렇게나 길게 해버렸다.

아맛나, 앙꼬바, 깐도리

아이스크림을 먹고 싶다고 느끼는 건 만취하고 집에 귀가하던 그 괴로운 밤뿐이었다. 술 좋아하는 사람은 단것을 싫어한다던데. 평상시에 탄산음료를 거의 안 마셔서 어쩌면 나는 무의식중에 건강을 챙기고 있었나 싶다가 아, 나는 술을 좋아하는구나 하며 고개를 숙인다. 나에게 아이스크림은 설탕이 많이 들어간 유제품 음료를 꽝꽝 얼린 간식일 뿐이라 좀처럼 아이스크림에 대한 취향이 뚜렷한 편은 아니지만, 역시 팥이 든 아이스크림은 때때로 먹을 수밖에 없다.

　　아이스크림을 좋아하는 동거인과 살다 보니 일상적으로 아이스크림을 골라야 하는 순간이 자주 찾아온다. 아이스크림 가게에 가는 날이 열 번이면 그중에서 아홉 번은 안 먹는다고 말하고 아이스크림을 고르는 동거인의 모습만 구경하지만, 한 번 정도는 오늘은 나도 골라볼까 싶은 날이 찾아온다. 생리통이 심한 나는 생리를 할 때와 생리 전후로는 아이스크림을 멀리해야 한다. 설탕이 많이 든 음식을 먹으면 바로 생리통이 극심해져서 데굴데굴 구를 정도로 아프기 때문. 나의 동거인은 아이스크림을 고를 때마다 그렇게 고심할 수가 없다. 그 시간이 얼마나 긴지, 나는 단번에 골라 든 아맛나가 다 녹아버릴 것 같아 다시 내려놓는다.

어렸을 때를 떠올려보자면 엄마는 캔디바, 아빠는 비비빅, 오빠는 메가톤바, 나는 스크류바를 좋아했다. 그리고 내겐 아맛나 또한 있었다. 스크류바는 입안에 넣고 돌려 먹는 재미로 먹었다면 아맛나는 고개를 이리저리 갸우뚱거리면서 흰 부분을 깨물어 먹는 재미가 있었다.

그리고 어른이 된 지금, 스크류바보다는 아맛나 쪽이 먹는 재미가 있다. 만약 아맛나와 앙꼬바가 함께 있다면 나는 어떤 걸 고를까. 그게 무엇이든 간에 지금 하나 먹고 나면 다시 아이스크림을 먹기까지 긴 시간이 걸릴 테니 고민은 깊어진다. 둘 다 고개를 이리저리 갸우뚱거리면서 깨물어 먹기 좋은 아이스크림이지만, 어째 덜 열심히 하는 듯한 아맛나 쪽에 마음이 간다. 앙꼬바만 있으면 앙꼬바를, 아맛나와 앙꼬바가 있다면 아맛나를. 만약 거기에 깐도리까지 있다면? 단연 누구보다도 태평해 보이는 깐도리를 고를지도.

팥식빵

다른 책에서 팥식빵에 대해 말한 적이 있다고 해서 팥식빵을 뺄 수는 없다. 빵에는 마치 '꽃말'처럼 '빵말' 같은 게 있을 리 없지만, 굳이 빵말을 만들어 떠들어댄 적이 있는 나는 팥식빵의 빵말을 이렇게 정리했다. "제 삶의 행복을 함께 경험해주세요." 어쩌면 팥에 대해 쓴 이 책이 전하고 싶은 한마디도 비슷할지 모르겠다. 어쩌다 팥식빵을 한입 먹으면 계속 먹고 싶어진다. 팥소가 아무렇게나 들어가 구워진 팥식빵의 단면은 조각마다 그 결이 다 달라서 한 봉다리 안에서도 먹는 기분이 제각각이다.

팥식빵을 살짝만 뜯어보면 솔솔솔 소리를 내면서 팥이 있는 길로 기분 좋게 찢어진다. 쭉 찢은 김치처럼 입에 넣고 씹으면서 손에 들린 팥식빵을 바라본다. 방금 찢어진 단면으로 팥소가 얼굴을 내민다. 단면이 예쁜 팥식빵 안에는 또 한 겹 예쁜 단면이 존재한다. 팥식빵 한 봉다리를 다 먹고 나면 금세 내 하루에 팥식빵 한 봉다리를 다시금 채우고 싶어진다.

아침에 먹는 팥식빵은 든든하다. 샐러드나 다른 과일 같은 건 필요 없다. 따뜻한 커피 한 잔이면 충분. 팥이 든 모든 빵이 그렇듯이.

덕분에 반짝반짝 안심이 돼

시장에 갈 일이 있으면 장보기 목록에 두 가지는 기본으로 넣어둔다. 일단 시루떡 그리고 꽈배기. 그런데 막상 가면 꽈배기는 사지 않고 시루떡만 사온다. 꽈배기는 동네 제과점 곳곳에서 챙겨 먹고 있기에 꽈배기 공백이 시도 때도 없이 채워지지만, 시루떡 공백은 시장 안에 있는 떡집의 시루떡으로만 채워지기 때문에.

어떤 떡집에서 시루떡을 샀다가 떡 부분이 쫄깃한 떡이 아닌 백설기처럼 설기설기 부서지는 떡이어서 실망한 적이 있다. 정확히는 시루떡이 아니라 팥설기였던 것이다. 점심을 먹고 들어오는 길에 오후 4시의 나를 위한 선물로 산 것이었는데 아차 싶었다. 시루떡을 먹기 위해 빵빵하게 채웠던 마음이 허탈하게 쭈글쭈글해지는 순간이었다. 막 쪄서 나온 떡을 보자마자 이거 주세요! 하고 냅다 덤빈 게 문제였다. 그 뒤로는 떡집에서 시루떡을 살 때마다 고개를 한껏 숙여 떡 부분을 유심히 관찰한다. 내가 원하는 쫄깃한 떡인지, 불투명하고 그래서 찰기가 도는 떡인지를 알기 위해서. 백설기 또한 좋아하는 떡이지만 시루떡을 원할 때 백설기가 다가오면 차마 거

짓말로도 반길 수가 없다. 나는 좋아하는 그 모든 것에 진심을 표현하는 걸 사랑으로 여기기에.

몇 해 전 SNS에 시루떡 사진 하나 올려놓고 이런 글을 남긴 적이 있다.

— 일주일 내내 먹고 싶어 하다가 먹은 한입은 정말이지 행복하구나. 딱 그렸던 맛. 저기 저 잘라진 투명한 흰색의 맛. 주머니에 현금이 있어야 먹을 수 있는 맛이다.

시답잖고 진지하게 떠들어댄 내 글 밑에 소중한 댓글이 달렸다.

— 시루떡은 완두콩이나 호박 없는 플레인(?)이 최고인 것 같아요. ^.^

플레인! 그토록 뾰족하게 그리며 다닌 꿈의 시루떡에 플레인이라는 이름이 더해지자 더 맛있게 느껴지는 건 왜일까. 모르는 분이 달아준 댓글에 신이 나서 대댓글을 또 달았다.

― 맞죠! 팥이 있는데도 달게 조린 완두콩까지 넣는 건 팥에게 실례예요!

팥에 대한 책을 쓸 줄은 꿈에도 모르던 2017년의 나는 이런 말을 잘도 해댔다.

완두콩이나 호박을 품은 시루떡한테 불만이 있다거나 시비를 걸고 싶은 건 아니다. 그저 사람마다 취향에 맞는 시루떡을 찾아가는 것뿐이다. 선택지가 많은 세상에서는 더 많은 이가 골고루 행복해진다. 누군가는 완두콩과 호박이 빠진 시루떡을 심심하기 짝이 없는 맛이라고 혹평할지도 모를 일이다. 나는 평생 모를 그 심심함. 그 뒤로는 시루떡 앞에 괄호를 열어 '플레인' 세 글자를 몰래 넣으며 나의 시루떡을 찾아다녔다.

시루떡은 시루에 찐 떡을 일컫지만 그 종류가 많이 사라져서 이제는 시루떡이라고 하면 당연히 팥시루떡만을 떠올리게 되었다. 나만 그런 건 아니겠지? 시루떡이라는 이름에 팥에 대한 정보는 전혀 없지만, 떡 이름을 듣자마자 팥부터 생각이 난다. 이는 팥이 든 대부분의 음식에 내가 가지는 공통된 태도라는 생각이 든다. 팥을 소리 내어 부르지 않으면서도 팥에게 앞장을 맡기는 마음이 깃들어 있다. 이건 정말로 팥에게 무례한 일임과 동시에 팥의 다정함을 한 번 더 확인해보게 되는 대목이기도 하다. 대충 팥이 들었겠지 하고 안심하고 깨물게 되는 마음이랄까. 팥이면 고맙고, 아니면 썩 놀라운.

그런 면에서 시루떡은 멀리서 봐도 팥시루떡이다. 팥고물이 뿌려진 면적이 그렇게 큰 떡은 시루떡뿐이다. 그리고 나의 세상에서 팥시루떡을 가장 맛있게 먹는 방법은 먹을 만큼만 덜어서 한입 크기로 잘라 먹는 것이다. 시루떡 사이사이에 있는 팥고물이 후두둑 떨어지기 쉽기 때문에 한입에 넣기 편하게 자르는 것이기도 하지만, 시루떡은 잘라 먹기 시작하면 잘라 먹을 생각에 사게 되니까. 내 입 크기에 딱 맞게 잘라진 시루떡 한입은 곧장 다음 한입을 부를 것이다. 손수 한번 잘랐다는 것만으로 이렇게 쫄깃해지나 싶다.

나의 첫 책 『빵 고르듯 살고 싶다』에 이 한입 시루떡 이야기를 짧게 썼다. 그러고 보니 빵에 대한 책에서 떡 이야기를 참 많이도 했던 것 같다. 회사원이던 시절, 출근 준비를 하며 눈이 반쯤 감긴 아침에 집에 있던 시루떡을 잘게 잘라서 도시락 통에 담아간 날이었다. 지루하고 배고픈 시간에, 사무실 안의 사람들 자리를 돌아다니며 나눠줄 생각으로. 자잘하게 자른 시루떡 나눠 먹기 데뷔의 날이었다. 널찍한 시루떡을 한입 크기로 잘게 자르고 있자니 조금씩 잠이 깼다.

어느덧 찾아온 오후 4시. 현재 친한 친구인 당시의 동료에게 도시락 통을 내밀었더니 한 조각을 꺼내 자연스럽게 입에 넣었다. 먹자마자 작게 잘라져 있어서 더 맛있다고 외쳐댔고 나는 자리로 돌아가다 말고 하나 더 내밀었다. 동료의 예상치 못한 뜨거운 반응에 내가 가져간 시루떡이 반짝반짝 빛을 내던 날.

잘린 단면이 공기를 만나서 아주 조금 딱딱해지려는 그 찰나에 입에 들어가니 오히려 식감 상승. 그리고 먹기 편함이라는 건 맛있다는 전제가 되어주지. 그걸 알아주는 이가 이 사각의 사무실에 있다니. 지금 이 삶에 안심 또 안심. 작게 잘라 온 시루떡 덕에 조금 기뻐하며 잠을 깨던 오후였다.

— 임진아, 『빵 고르듯 살고 싶다』 중에서

안심의 맛. 내 입 크기에 맞게 자른 시루떡을 먹기 위해 무리 없이 입을 여는 순간의 맛이기도 하다. 시루떡을 자를 때마다 새삼스레 느낀다. 시루떡은 유독 쫄깃쫄깃한 떡이라는 감각이 손끝에서부터 전해진다. 짤뚝! 하고 잘린 시루떡 조각은 되바라진 아이처럼 불쑥 날아가 그릇에 담긴다. 대충 자른 시루떡의 단면은 또 얼마나 예쁜지. 조금씩 박힌 팥 알맹이들이 불투명한 흰색의 떡을 최대한 꾸며주고 있다. 먹으려던 자투리 시루떡을 그대로 본떠서 키링으로 만들어 매일 가지고 다니고 싶을 정도다.

제품명은 '시루떡 플레인 한입 크기'.

오로지 하나의 목표로

국내 여행지를 추천해 달라는 질문을 받으면 적잖이 난감해진다. 서울에서 태어나 서울에서만 살고 있는 나는 좀처럼 다른 지역을 다닌 경험이 없다. 두어 번 가봤다는 이유로 추천하기엔 부족하게만 느껴지고 솔직히 우리 동네 외에는 잘 모르겠다. 한번은 친구가 나에게 이런 말을 한 적이 있다.

"진아 님은 집 아니면 일본에만 있군요."

읊조리듯 중얼거리는 친구를 째려보았다.

"정확히 말해주시죠. 마포구 아니면 일본…."

솔직히 말하자면 광화문 정도 가는 걸로도 작은 여행으로 삼는 나이기에 별로 할 말은 없다.

국내여행 추천지로는 유일하게 혼자 떠나본 곳을 떠올릴 수밖에 없다. 오래전 일이라 정확한 시기나 왜 갔는지 그 이유가 좀처럼 생각나진 않지만, 확실한 건 경주에 가려고 집을 나선 건 아니었다.

늘 그렇듯이 그 시기만의 어떤 우환이 가득 찬 날이었다. 그다지 중요한 걱정거리는 아니었던 듯 지나보니 어떤 사건이 있었는지는 까맣게 잊었다. 다행이라면 다행이지만, 지금까지의 길지도 짧지도 않은 이번 생에서 갑자기 도시를 떠나 몇 밤을 잔 건 그때가 유일했다.

집을 나와 우선 도착한 곳은 서울 충정로의 한 커피숍이었다. 일단 대형서점에서 말없이 거닐어볼까 했던 게 뻔하고, 버스를 타고 광화문까지 가다가 도중에 내렸을 게 뻔하다. 그마저도 힘에 부쳐 일단 하차벨을 눌러 아무 체인점 커피숍에 들어갔을 것이다. '서울역'이라고 적힌 교통 표지판을 보고서 어디론가 떠나버리자고 결심했던 기분이 내 기억 속에 아주 살짝 남아 있다. 평소에는 서울역에 갈 일이 거의 없던지라 그날따라 시야에 들어온 서울역이라는 장소가 하나의 선택지로 다가오지 않았을까. 맞아, 여기 서울역이 있지 하면서.

경주는 고등학생 때 수학여행 이후 처음이었다. 그런데도 왜 경주였냐면, 황남빵 한 박스를 사 오고 싶다는 한 줄기의 뚜렷한 목표를 세울 수 있어서였다. 1939년부터 경주에 자리 잡고 있는 황남빵 가게를 여행지 삼는다는 건 내 삶에서만큼은 아주 보통의 일이긴 하다. 사소할지라도 그것을 향하는 마음이 분명하다면야 사람은 살고 싶어지는 법이다. 그때까지 황남빵을 안 먹어본 건 아니었다. 경주에 황남빵을 사러 가면 황남빵 만드는 걸 직접 볼 수 있다는 정보가 꽤 오랫동안 내 안에 남아 있었다.

경주로 향하는 기차에서 저렴한 게스트 하우스를 예약했고, 도착하자마자 침대에 앉았다. 짐을 풀 것도 없어서 멍하게 앉아 있다 보니 내가 지금 여기에 왜 있지 싶어서 막막해졌다. 대충 봐도 국내 여행객보다는 외국인이 자주 드나드는 숙소였고, 내가 배정된 작은 방에는 침대가 세 개 있었다. 처음엔 나 혼자였지만 조금 뒤에 또래의 한국 여자분이 방으로 돌아와 누웠다. 그제야 혼자 자는 방을 잡을 걸 후회했지만, 가만히 들여다보면 들여다볼수록 이 게스트 하우스에 머물길 잘한 것 같았다. 같은 방을 쓰는 분과 처음 마주쳤을 때는 서로를 모른 척했는데 세 번 이상 마주치자 누가 먼저랄 것도 없이 인사를 주고받았다. 여기에 내가 있다는 걸 적어도 두 명이 안다는 사실에 나도 모르게 조금 안심했다.

2박 3일 정도 머물렀던 그때의 경주 여행은 몇

가지 키워드로 요약된다. 황남빵과 대릉원. 그리고 불국사를 제외한다면야 도보만으로도 충분히 여행이 가능한 도시라는 기억. 와중에도 불국사는 일찍이 제외해놓고 숙소에서 걸어갈 수 있는 곳들만 다녔다. 천천히 걷다 보면 더 천천히 걷게 되는, 나에게 자리한 내 것이 아닌 것들이 느리게 사라지는 여행지였다. 한없이 슬펐던 표정은 대릉원 안에서 거의 잦아들었다. 종이와 연필이 필요하다는 생각이 들자 비로소 내가 보였다. 때로 사람은 혼자만의 오해로 빠르게 불행해지곤 한다.

아무런 기억도 남기지 말고 돌아가자고 작정이라도 한 것처럼 경주 속의 나는 황남빵 가게에서의 모습만이 뚜렷하게 남아 있다. 평일인데도 황남빵 가게에는 관광객이 적당히 많았고, 그 덕에 가만히 서서 한참을 구경하고 있어도 이상하지 않았다.

가게 안쪽에는 보여주기 위해서 마련한 것으로 보이는 오픈형 키친이 널찍했고, 작업대 위에는 역시나 보여주기 위해 준비된 팥소가 담뿍 담긴 큰 그릇들이 여기저기 놓여 있었다. 먹으러 온 사람들에게 먹기 전부터 맛있는 기분을 선사하겠다는 가게의 목소리를 들었기에 응당 반응해야 하는 게 나의 몫. 경주에 와서 잠잠해진 마음은 황남빵 속에 들어가려고 준비 중인 팥소 덩어리들을 보자마자 점점 더 잠잠해졌다. 묵묵히 작업하는 사람들을 보며 황남빵 가게에 오랫동안 피어 있던 한 그루 나무처럼 그렇게 머물렀다. 작게 잘린 밀가루 반죽 속에 팥소를 그득히 넣어 여무는 기술은 정말이지 감탄이 절로 나왔다.

어렸을 때 아빠가 들려준 일화가 생각났다. 아빠가 아주아주 어렸을 때의 일이었다. 어쩌다가 들어간 공장이 하필 단팥빵 공장이었는데 그날 처음으로 팥소만 담긴 큰 통을 보고 입이 떡 하고 벌어졌다고 했다. 아빠는 내가 팥을 잘 몰랐을 때부터 팥을 좋아하기로 우리집에서 제일 유명한 사람이었다. 아이스크림은 비비빅만 있으면 만사 오케이였고, 빵 중에는 단팥빵만 있으면 행복해했다. 그런데 그게 하나만으로는 안 되고 몇 개씩 있어야만 하는, 내가 아는 사람 중 가장 팥쟁이였다. 아빠가 단팥빵 공장에 들어갔던 이야기를 들려줬을 때의 내 몸집은 무척 작았다. 그래서인지 단팥빵 공장을 돌아다니는 어린 아빠의 몸집을 쉽게 상상할 수 있었다.

"그렇게 많은 팥은 처음 봤어. 근데 사람이 너무 놀라면 묘해지더라, 그거. 어린 마음에 손으로 요만큼 떠서 먹어볼 수도 있잖아. 근데 안 먹고 나온 거야, 내가. 안 먹을 사람이 아니잖아, 내가. 그게 계속 생각나."

요만큼의 좋아하는 무언가가 저만큼이나 많을 때면 너무 놀라 고요해지는 마음. 그걸 또 묘하다고 표현하는 건 아빠식 과찬이기도 했다. 아빠가 들려준 단팥빵 공장 일화 속 팥소 덩어리들은 올려다보는 시선으로 내 기억에 남았다. 생생하게 남은 아빠의 팥소는 마치 내가 경험한 것처럼 여전히 거대하게 그려진다.

황남빵의 팥소 덩어리는 눈앞에 놓여 있었다. 누가 봐도 다 큰 어른의 시선. 하지만 이렇게나 많은 팥을 본 건 나도 이날이 처음이었다. 황남빵 가게 안에 있던 담뿍 담긴 팥소를 보며 나도 어린 아빠와 비슷한 마음이 들지 않았을까.

한참을 구경만 하다가 황남빵 한 박스와 함께 당장 먹을 황남빵을 낱개로 샀다. 그 앞에 오래 서 있다 보니 한 가지 중요한 사실을 알게 되었다. 낱개로 사면 방금 구운 따끈한 황남빵을 종이봉투에 담아준다. 냉동실에 들어갔다가 나온 황남빵만 먹을 줄 알았던 내가 모르는 황남빵의 맛이 오직 여기에 있었다.

나중에 먹을 황남빵 박스와 함께 손에 쥔 황남빵을 먹으면서 거닐었던 경주는 끝내 맛있는 향기로 남았다. 황남빵은 밀가루 부분보다 팥소 함유량이 비교할 수도 없이 많지만, 이 밀가루 부분은 세상 맛있는 손잡이가 아닐까. 팥이 든 음식들의 공통점. 손잡이를 먹을 수도 있는데 심지어 그 손잡이가 과하게 맛있다는 점.

우선 황남빵을 먹기 전에 냄새부터 맡으면 팥소 향과 함께 다정하게 구워진 밀가루의 그윽한 향이 진하게 느껴진다. 국내산 팥, 그것도 경주산 팥만 사용한다고 자랑하는 황남빵이지만, 나는 팥만큼이나 밀가루에도 애정이 깊다. 한 손으로 잡으면 단번에 촉촉함이 느껴지면서도 손에는 잘 달라붙지 않는 게 황남빵의 매력이다. 다 품어내지 못할 만큼 팥이 너무 많이 들어 있어 군데군데 붉은색이 삐죽한 얇은 피를 보기만 해도 마음이 보름달처럼 차오른다.

단 한 번뿐이었던 혼자만의 국내여행 이후 갓 구워진 황남빵을 먹어본 적은 없다. 하지만 잠실에 갈 일이 있으면 꼭 사 오고, 경주 마라톤에 참가하는 동거인이 사다주기도 하며, 여차하면 역시 택배로 주문하곤 하는데 얼마나 빨리 오는지 모른다. 촉촉함이 살아 있는 황남빵을 우리 집 현관문에서 만날 수 있다니. 참지 못하고 현관문 앞에 서서 곧장 황남빵 박스를 열어본다. 만나기 어려운 따뜻한 황남빵은 여전히 마음에 소중하게 간직한 채로.

그 겨울, 스무 마리의 붕어빵

"오늘 저녁은 붕어빵으로 할까?"

집에 엄마도 아빠도 없던 어느 밤, 어린 오빠와 더 어린 나 둘만 있던 겨울이었다. 가로등 빛이 늘어진 동네 골목길에 밝은 빛을 더하던 붕어빵집 앞에 잠시 멈춰 서자 오빠가 저녁 메뉴를 제안했다. 나쁘지 않지. 간식이 아니라 밥으로 붕어빵을 먹을 수 있다는 건, 어른들의 사정은 모른 채 분위기를 살피다 대충 침울해져버린 어린이에겐 뜻밖의 소식이었다. 길게 드리워진 천막을 걷으며 들어가는 오빠를 뒤따라 나도 같이 들어갔다.

그 골목을 떠올리면 어느 집에 살았는지, 또 그때의 지붕 아래는 어떤 분위기였는지, 어렵지 않게 그려진다. 일찍이 형편이 어려워진 가정에서 컸다면 헤아리는 데 두 손이 부족할 만큼 많은 이사를 겪어야만 한다. 지금의 나는 그렇게 나이가 많지 않은데도 리어카로 짐을 옮겨 이사를 했던 그 시절을 떠올려보자면 전생처럼 멀게만 느껴진다.

어느 다세대 빌라 2층에서 바로 뒤에 붙어 있던 또 다른 다세대 빌라 반지하로 이사를 간 해였다. 같은 집주인의 건물이었고, 집주인의 제안으로 더 싼

월세방에서 살게 된 것이다. 2층에는 없던 벌레와 쥐가 거기엔 있었고, 2층에는 있던 창문과 하늘이 거기엔 없었다.

그해에 엄마는 자주 집을 비웠다. 부부 싸움은 일상적으로 일어났고 나는 오빠라는 한없이 낮은 가림막에 의존하여 가까스로 버텨냈던 것 같다. 좁고 어두운 반지하 생활은 앞으로의 삶이 나아질 리 없다는 체념을 너무나 일찍 하게 했다. 그날 밤에도 엄마는 며칠째 부재했고 아빠는 어딘가에서 술과 함께 있었다.

차디찬 집에만 있다가 들어온 붕어빵 울타리는 따뜻했다. 나는 뒤꿈치를 조금 들어 붕어빵을 올려다보았다. 잠시 몸을 녹이는 지금, 낯선 사람 앞에 있으니 어두운 표정도 조금은 고쳐졌다.

"여기 있는 거 다 주세요."

이제 막 구워진 스무 마리 정도의 붕어빵을 가리키며 씩씩하게 주문한 건 오빠였고, 나는 애초에 입을 열 생각은 없다는 듯이 오빠 옆에 서 있을 뿐이었다. 그런 오빠와 내 얼굴을 번갈아 보던 붕어빵 가게 주인아주머니는 붕어빵을 두 개씩 집어 종이봉투에 넣으면서 말했다. 우리의 얼굴은 쳐다보지 않고서, 약간은 농담인데 조금은 진짜로 걱정이 돼서 하는 말이라는 듯이.

"왜 이렇게 많이 사? 엄마가 집 나갔니?"

『아니요, 그건 빼주세요』에 이 일화를 살며시 쓴 적이 있다. 가장 싫어하는 음식으로 '김밥 꽁다리'를 골라 붕어빵 스무 마리 에피소드를 엮은 글이었다. 오빠를 떠올리면 김밥 꽁다리와 붕어빵 스무 마리가 자연스럽게 따라붙는다.

김밥 꽁다리가 싫어진 이유는 내 인생 첫 김밥이 오빠의 소풍 도시락 통에 탑승하지 못한 못생긴 꽁다리들만 모인 한 접시였기 때문이다. 언제나 나보다 오빠가 먼저라는 푯말이 거세게 박힌 집안에서 자라난 둘째에게 김밥 꽁다리 한 접시는 기가 막힌 울음 버튼이 되었다는 이야기. 사실 그 푯말은 누가 애써 세운 것도 아니고 내 눈에만 보이는 도깨비 같은, 그러니까 그냥 내가 만들어낸 서러움이었다. 결국 김밥 꽁다리는 한 개도 안 먹고 울고불고 난리가 난 내 등 뒤로 "가장 맛있는 것만 모아서 준 건데, 바보." 하는 한마디가 들려왔던, 돌아보니 평화롭기 그지없던 일상.

자라면 자라날수록 불안정한 집안 분위기 속에 울음소리는커녕 웃음소리조차 내지 못하면서 알게 되었다. 악을 쓰며 샘을 내던 나의 지난 모든 마음은, 몇 년 안짝의 먼발치에서 바라보니 사치스럽기 그지없는 마음 그 자체였구나.

그렇게 아무도 없는 집에서 무슨 상황인지도 모른 채 앉아 있는 동생을 데리고 나와 어떻게든 저녁밥을 해결했어야 하는 오빠를 기어코 떠올리면서 어린 오빠의 작은 품을 다시 그려보았다.

"왜 이렇게 많이 사? 엄마가 집 나갔니?"

나는 눈이 동그래졌고, 오빠는 그런 내 옆에 꼭 붙으며 "그냥 많이 먹고 싶어서요." 장남처럼 행동했다. 붕어빵집의 얇은 천막을 걷고 나온 골목에서 나는 울었고, 오빠는 그런 나를 달래주었다. "엄마 없는 거 다 아나 봐." 우는 나에게 "그냥 우리가 너무 많이 사서 물어보신 걸 거야." 단단한 말투로 말하며 나를 꼭 끌어안아주었다. 언제나 씩씩하기로 작정한 어린 오빠를 떠올리면 그 작은 아이의 손을 이제라도 잡아주고 싶다. 돌이켜보면 나는 오빠보다 사랑을 덜 받는다는 이유로 쉬이 울면서도, 오빠의 품에서 씩씩하지 않아도 되는 사람으로 자라났다.

　　— 공저, 『아니요, 그건 빼주세요』 중에서

　나는 원래도 내가 쓴 글을 자주 다시 읽는 편이긴 하지만, 이 글은 먼저 떠올라 나를 찾아오곤 했다. 이 짧은 글에는 어느 겨울에 한 어린이가 겪은 나직한 쓸쓸함이 고스란히 묻어나지만 보이지 않는 장면들도 있다. 그 장면들은 내 안에만 깃들어 있다. 모든 사람의 삶 또한 그렇듯이.

　이날을 떠올리면 따끈하고 포근한 붕어빵이 아니라 그릇 위에서 다 식어 축 처진 붕어빵이 생각난다. 붕어빵 하나를 야금야금 아껴 먹는 게 아니라 붕어빵으로 어떻게든 배를 채워야 했던 어린이들이 그려진다. 이건 저녁밥이니까 부엌에 작은 상을 펴놓고 각자의 그릇에 나눠 담고는 울면서 먹은 붕어빵. 한 번도 살아 있어본 적 없는 붕어빵이지만 그날 그

저녁 그릇 위에 놓인 붕어빵들은 모두 죽어 있는 것 같았다. 아무리 저녁밥이라고 해도 어린아이 두 명에게 붕어빵 스무 마리는 너무 많았다. 그런 밤에 혼자가 아니어서 다행이라는 생각은 다 큰 어른이 되어서야 겨우 한다.

이때였는지 다른 언제였는지 기억이 정확하진 않지만, 집으로 돌아오겠다는 엄마의 전화를 받은 어느 낮이었다. 나는 전화를 끊자마자 장롱에 있던 엄마 옷을 몽땅 꺼내 방바닥으로 던져놓았다. 흐트러진 옷들을 다시 하나하나 예쁘게 개켜서 정리하기 위해서였다. 작은 손으로 엄마의 옷을 하나하나 접다가 나는 옷장 안에 코를 박고 울었다. 싱크대에 쌓인 밀린 설거지거리도 해치우고 여기저기 널브러진 물건도 대충 다 제자리에 두었다. 방바닥도 닦았고 신발도 정리했다. 내 힘으로 바꿀 수 있는 거라곤 하나도 없지만, 뭐라도 작은 거 하나라도 달라진 모습을 엄마가 돌아오면 보여주고 싶은 마음에. 그런 덧없는 노력은 질퍽이는 진흙 같은 현실에 쉽게 잡아먹혔지만.

같은 집에서 살던 여름, 쌀이 떨어진 날이었다. 쌀이 떨어지는 날은 쌀이 채워진 날처럼 특별하지도 평범하지도 않게 찾아왔다. 한낮에 아빠와 단둘이 편의점에 갔다. 작은 플라스틱 통에 담긴 어묵 하나와 제일 작은 쌀 하나를 들고 계산대에 서자 편의점 직원 아저씨가 한껏 웃으면서 말했다.

"어디 놀러 가는구나? 좋겠네!"

작은 쌀은 여행용으로 나온 제품이란 걸 그때 알았다. 나에겐 그건 대용량 쌀을 살 돈이 없는 사람을 위해 판매하는 쌀에 불과했는데. 머뭇거리면서 아무 대답을 못하는 나를 내가 보았다. 나로 인해 아무 소리도 채워지지 않는 이 순간의 정적이 과연 누구의 가슴에 가장 아프게 닿을까를 헤아려보니 나보다는 아빠인 것 같았다. 편의점을 나오자마자 껑충 뛰면서 "우리 여행 가는 줄 아나 봐!" 웃어 보였지만 아빠는 그냥 걸을 뿐이었다. 이미 들어버린 말과 만나버린 상황 속에서 내 마음은 대체 누가 바라봐주지? 어린 시절의 내가 종종 하늘을 향해 던진 질문이었다.

나는 지금도 한 손으로 가뿐히 들 수 있는 아주

작게 포장된 쌀을 보면 아빠의 잠잠한 옆얼굴이 생각난다. 집을 나간 엄마가 잠깐 동네에 왔던 날, 미용실에서 오빠와 내 머리를 잘라준 후 다시 인사를 건네고 돌아서던 엄마의 무거운 걸음이, 그 신발 뒤축이 여전히 그려진다. 집을 나가야만 했지만 다시 돌아올 수밖에 없었을, 내가 보지 못한 엄마의 얼굴을 떠올린다.

엄마도 아빠도 없던 날 우리를 찾아왔던 작은고모에게 휴지가 떨어졌다고 말했던 내 목소리를 기억한다. 동네 슈퍼에서 휴지를 계산하며 더 싼 휴지는 없냐고 묻던 작은고모의 한숨과 그 한숨을 차마 원망할 수 없던 어린 내 마음을 꾸역꾸역 다시 꺼내본다. 엄마 아빠가 싸운 밤이면 걱정 말고 어서 자라고, 이건 우리의 인생이 아니라고 문자 한 통을 보내던 고등학생 오빠를 일부러 떠올린다. 여전히 붕어빵을 좋아하지만 붕어빵 스무 마리가 한꺼번에 들어 있는 종이봉투를 보면 마음이 절로 아려온다. 그러면서도 나의 삶을 슬프게만 바라보지 않고 즐거운 쪽으로 애써 내달리던 나를 바라본다.

겉으로 도드라지는 모습이 썩 괜찮아 보이더라도 짐작조차 할 수 없는 각자의 사정이 존재한다는 걸 나는 경험으로 일찍 알게 된 것 같다. 타인을 쉽게 질투할 줄 모르게 된 연유가 여기에 있을지도 모르겠다. 순탄해 보이는 사람은 있어도 순탄하기만 한 사람은 없다. 아무리 좋아 보이기만 해도 모르는 일투성이니까. 다 알고 싶은 만큼 서로에게 관심을 갖기도 힘드니까. 만약 진짜로 순탄하기만 했다면 기꺼이 축하할 일이고.

다시금 겨울에 들어서는 어느 날 길거리에 또다시 붕어빵집이 나타난 걸 보면 눈이 번쩍 뜨이면서 세상 다 가진 것처럼 기뻐하다가도, 붕어빵 스무 마리 앞에서는 잊고 있던 내가 튀어나온다. 때때로 나도 나를 잊는구나. 나도 나를 매번 다 알지 못하는데 타인은 얼마나 많이 모를 수밖에 없을까 하고.

그래서 나에게 붕어빵이 있는 풍경은 계절을 돌고 돌아 재확인하는 따뜻한 세상이자 지난 내 기분을 모른 척하기 어려운 마음과도 같다. 시린 겨울을 보내고 찾아드는 따스한 봄 같은 것. 따뜻해져서 깨닫는 쌀쌀함 같은 것. 평소 알고 지내는 나와 때때로

문득 찾아오는 나를 같은 계절에 만나곤 하는 것. 엄마가 집 나갔냐는 질문처럼 모르고 지나갈 수 없는 마음 같은 것. 결코 달라지지 않은 채 다음 이야기로 넘어가는 내 생의 겨울 같은 것이다.

에필로그

찐빵을 하나씩 찜기에 넣듯이

여기까지 책을 읽은 사람들이 과연 이 책을 맛있어할까. 나는 그게 궁금해졌다. 음식 이야기라면 무릇 읽으면서 덩달아 입맛을 다시며 당장 그 앞으로 내달리고 싶어야 할 텐데, 나의 팥 이야기가 과연 그럴까 하고.

나에게 좋아하는 음식이 많아 보이는 이미지가 있을지도 모르겠지만, 여기까지 읽은 사람은 나에게 한마디 하고 싶지 않을까. 입 정말 짧네요. 그렇다. 나는 정말 입이 짧은 사람이다. 한 가지 식감의 음식을 많이 먹지 못하고, 못 먹는 음식 또한 많다. 이 책을 세상에 선보임과 동시에 나의 입 짧음 TMI가 버젓이 공개될 텐데, 술자리 혹은 밥자리에서나 밝혀지던 나의 편식 현황이 이렇게 아무렇지 않게 책에 쓰여도 되나 싶다.

한번은 술자리에서 친구가 편식에 대한 질문을 던진 적이 있다. 많은 사람들이 대체로 못 먹는 음식 리스트를 본인이 한번 모아봤으니 하나하나 말할 때마다 각자 손가락을 접어보자는 것이었다. 그 리스트에 어떤 음식이 있을지 나는 쉽게 예상할 수 있었다. 당연히 곱창, 순대, 해삼, 고수, 추어탕 같은 것들이 줄줄이 나왔고 나는 손가락을 열심히 접어댔다. 무표정에서 출발한 내 얼굴은 못 먹는 음식들이 하나씩 쌓일 때마다 차츰 일그러지기 시작했다. 일찍이 열 개를 넘기고 접었던 손가락을 다시 펼쳐야만 했을 때 친구가 내 손을 잡았다. 너는 알겠으니까 그만하라고 장난기 가득 담아 역정을 냈다. 누가 제일 못 먹는 게 없는 사람인지를 가려내는 이 음식 리스트에 매번 이토록 반응하며 누구보다도 많은 손가락을 접고 앉아 있는 내가 얼마나 어이없었을까. 게다가 그것은 못 먹는 것이 거의 없는 친구가 만든 리스트였다.

　나는 잘 먹는 친구들이 곁에 있는 게 좋다. 메뉴판에서 각자 먹고 싶은 걸 말할 때 "난 그거 좀 어려운데." 하고 말하면 "오예. 경쟁자 한 명 없고." 하고 말해주는 친구가 있다는 게. "오, 그거 맛있겠다!" 하고 외치면 "그럼 두 접시?" 하고 생각지도 못한 말을 하는 친구가 있다는 게. 내가 못 먹는 음식은 구경만이라도 할 수 있고, 좋아하는 음식은 양껏 먹을 수 있다는 게 너무 좋다.

정확히 말하면 나는 '편식'을 하는 사람이 아니라 '편기(偏嗜)'를 하는 사람이라고 할 수 있다. 못 먹는 게 너무 많지만 불편하지 않고 오히려 좋아하는 걸 먹기에도 이 삶이 너무 바쁘기만 하고 시간이 없다 느끼는 건, 나의 마음은 매일 좋아하는 쪽으로 치우쳐 있기 때문이다. '편식'의 뜻이 어떤 특정한 음식만을 가려서 즐겨 먹음이라면, '편기'의 뜻은 치우쳐 즐김, 어떤 음식을 유난히 즐김이다. 그러므로 편식이 그냥 즐겨 먹는 모습이라면, 편기는 유난히 즐겨서 몸이 음식 쪽으로 잔뜩 기울어져 있는 그림이 그려진다. 이건 완전히 나의 삶을 표현하는 일러스트가 된다.

팥에 대한 이야기를 쓰는 내내 즐거웠다. 팥 이야기를 쓰며 팥 이야기가 아닌 에피소드가 드러날 때마다 내 마음 안에 고운 팥소가 그득하게 채워지는 것 같았다. 이 책은, 정말로 내가 좋아하는 팥이 든 음식을 닮은 책이 되어갔다. 팥 그 자체라기보다는 팥소가 적당히 든 팥빵 같은 글들이 모였다. 팥빵 중에서 하나를 고르자면 팥이 아닌 부분도 저만치

넉넉한 갓 찐 찐빵을 닮았다. 팥이 든 음식은 팥이 아닌 부분과 함께 먹어야만 맛있다. 팥이 아무리 좋아도 팥만 골라 먹어서는 안 된다. 나의 이 이야기도 그렇지 않을까. 팥 이야기가 아닌 부분과 팥 이야기 부분을 같이 깨물어 읽어야 더 맛있다.

팥 이야기를 쓰면서 비로소 내가 팥의 어떤 면을 좋아하는지를 알게 되었다. 쓰고 나서야 음식 하나로 떠든다면 역시 팥이었어야 했다고 아찔한 안도를 했다. 이런 발견은 작가로 사는 기쁨이자 작가로 살기에 주어지는 선물이 아닐까. 나의 이야기를 꺼내놓으며 내가 겪은 일화로만 한 권을 채우는 일은 무척 용기를 필요로 하기에, 이런 선물을 받아야만 글을 쓰는 사람으로서 살 수 있는 게 아닐까 하고.

쓰는 사람으로 살아도 된다 했을 때 나는 내심 기뻤다. 슬프고 아프고 즐겁고 재미있는 삶을 살아내면 낼수록 이 상황에서 빠져나오는 법이란 한 발 떨어져 멀리서 보고 글로 정리하기였다. 그래서 머릿속에서 일어나는 생각을 언제나 부리나케 글의 모양으로 자리 잡아두고 싶었다. 앙꼬절편에 딸기를 넣기 위해 집까지 뛰는 것처럼, 버스에서 쓰고 싶은 생각이 문장으로 정리되는 순간 정류장에 내려 집까지 내달리며 살았다. 학교를 다니던 학생 시절에도, 매일 출퇴근하던 회사원일 때도, 그리고 매일 쓰는 일을 해야 하는 지금도 그렇게 살고 있다. 그런 내게 무엇을 쓰면 좋겠다 하고 손을 내밀어주는 사람들이 있다는 건, 도무지 어떻게 표현해야 좋을지 모를 만큼 감격이다.

　대놓고 좋아하는 음식 이야기를 마음껏 해보라는 것도 매일 먹고 쉬고 자는 일을 제일 중요한 계획으로 세우는 나에겐 기쁘기만 한 제안이었다. 그렇게 팥을 골라 떠들어댔더니 팥이 아니었더라면 하지 못했을 이야기들이 차곡차곡 쌓였다. 내가 겪은 일화 속에서 내가 지금까지 어떤 마음으로 세상을 바라보았는지를 다시금 알아차릴 수 있었다. 어쩌면 매일 즐겨 먹는 음식이 아니었기 때문에 가능하지 않았을까. 너무 좋아하지만 동시에 싫어하는 이유도 분명한 팥 덕분에 한동안 팥에 파묻혀 지내며 유난히 즐겁게 쓸 수 있었다.

쓰면 쓸수록 하나의 글에서 무엇을 말하면 좋을지, 어떤 말을 빼야 하는지를 알아간다. 글을 쓰는 일이 즐거운 만큼 어렵다. 어렵다고 느낄 때 비로소 쓰는 일을 계속하고 싶다고 느낀다. 그렇게 쓰는 사람으로 살아가는 동안 내 안에는 점차 '좋은 글'이라는 기준이 동그랗게 만들어진다. 우선 나에게 좋은 글, 그리고 누구에게든 외롭지 않게 닿는 글을 쓰고 싶다고.

아무리 계속 쓰고, 읽고 또 읽고, 고치고 또 고친다고 해도, 글이란 완벽한 동그라미가 되기 어렵다. 그렇게 되기 위해서는 너무 많은 시간이 필요할 것이다. 어느 시점이 되면 후련하고 싶어서라도 나의 글과 안녕을 해야만 한다. "오늘은 이런 모양이 되었어요." 말하며 가판대에 있는 찐기로 보내야만 한다. 이 찐빵 같은 글을 누군가에게 내밀어야만 그 안에 든 이야기가 보이고 누군가의 마음속에 들어갈 수 있다.

내가 내민 글 속에 보이지 않는 공감의 여백이 있다면 읽는 이는 자신의 하루와 속마음을 투영시킨다. 내 손을 떠난 하나의 찐빵은 그렇게 오랫동안 따끈한 온도를 유지하게 된다. 그런 상상을 하며 하나 하나 모양이 다 다른 찐빵들을 찜기에 넣듯이 이야 기를 모았다.

붕어빵도 호두과자도 단팥빵도 아닌 찐빵을 닮고 싶은 건, 내 이름과 비슷해서이기도 하다. 찐빵이라는 이름만 듣고는 안에 든 게 무엇인지 보이지 않지만 모두가 팥을 기대한다는 게 좋다. 어렸을 때부터 오빠가 나를 부르던 별칭, "야, 임진뽕!"이 생각나기도 하고. 나는 닉네임을 써야 하는 사이트에서는 '찐빵'이라는 이름을 곧잘 쓴다. 무엇보다 한 덩이의 찐빵을 즐긴 후 다시 자신의 계절로 저벅저벅 걸어 들어가 성실한 하루하루를 살아낼 때 다시금 찐빵을 떠올리는 날이 분명히 온다는 것이 좋다. 간혹 그런 날이 찾아올 때 그려지는 누구나의 찐빵은 이미 따끈하다는 것이 좋아서. 무심한 찐빵은 언제나 허전한 내 마음을 따뜻하게 채워주었다.

붕어빵을 기다리는 것만큼 찐빵을 기다리는 것 또한 유독 즐겁다. 오늘의 추운 날씨도 마치 좀 더 맛있는 찐빵을 위한 연출처럼 느껴진다. 그렇게 겨울이라는 계절은 춥지만 춥지만은 않은 계절로 내 삶에 자리 잡는다. 나만을 위해 찜기에 불을 올리는 것도 좋고, 하얀 김이 모락모락 잠시나마 사장님과 나 사이를 갈라놓는 것도 좋고, 뚜껑이 열리며 아까와는 다른 윤기를 내는 찐빵과 눈이 마주치는 순간이 좋다.

찐빵을 받아 들면 집까지 달려갈 수가 없다. 뜨끈한 찐빵을 두 손으로 잡아 그 자리에서 바로 한입 물거나 반으로 쪼개며 포실포실한 팥소를 바라봐야만 성에 찬다. 그사이 피어오르는 김에 코를 갖다 대야 한다. 찐빵이 나에게 머무는 모든 순서 중에서 가장 맛있는 순간이다.

마음이 추운 계절, 이 책이 누군가에게 딱 찐빵만큼만 따뜻하게 자리할 수 있다면 얼마나 좋을까. 내가 아는 찐빵은 내 글에 기꺼이 은유가 되어줄 것 같다.

025 팥

나 심은 데 나 자란다

1판 1쇄 찍음 2023년 12월 22일   지은이 임진아
1판 1쇄 펴냄 2024년 1월 3일

편집 김지향 황유라 정예슬
교정교열 안강휘
디자인 김혜수 박연미
일러스트 임진아
미술 이미화 김낙훈 한나은
마케팅 정대용 허진호 김채훈 홍수현 이지원 이지혜 이호정
홍보 이시윤 윤영우
저작권 남유선 김다정 송지영
제작 임지헌 김한수 임수아 권순택
관리 박경희 김도희 이지은 김지현

펴낸이 박상준
펴낸곳 세미콜론
출판등록 1997. 3. 24. (제16-1444호)
06027 서울특별시 강남구 도산대로1길 62
대표전화 515-2000
팩시밀리 515-2007
편집부 517-4263
팩시밀리 515-2329

ISBN
979-11-92908-62-5 03810

세미콜론은 민음사 출판그룹의
만화·예술·라이프스타일 브랜드입니다.
www.semicolon.co.kr

트위터 semicolon_books
인스타그램 semicolon.books
페이스북 SemicolonBooks
유튜브 세미콜론TV